Truman Capote

Landschaften für Banditen

Reiseerzählungen

Ullstein Großdruck

Ullstein Großdruck
Lektorat: Hild Wollenhaupt
ein Ullstein Buch
Nr. 40076
im Verlag Ullstein GmbH,
Frankfurt/M–Berlin

Umschlagentwurf:
Th. Bayer-Eynck unter Verwendung
einer Illustration von
Robert Gantt Steele
›Steam Engine at Train Station‹
(Image Bank)

Printed in Germany 1989
Gesamtherstellung:
Clausen & Bosse, Leck
ISBN 3 548 40076 0

November 1989

Vom selben Autor
bei Ullstein:

Andere Stimmen, andere Räume
UB 20643
Die Musen sprechen
UB 40026

CIP-Titelaufnahme
der Deutschen Bibliothek

Capote, Truman:
Landschaften für Banditen:
Reiseerzählungen/Truman Capote. –
Frankfurt/M.; Berlin: Ullstein, 1989
(Ullstein-Buch; Nr. 40076:
Ullstein-Großdruck)
ISBN 3-548-40076-0
NE: GT

Inhalt

New Orleans

Da war im Hof ein Engel aus schwarzem Stein, und sein Engelskopf stand über den riesigen Elefantenohrblättern, die gläsernen Engelsaugen, licht wie das verwaschene Blau von Seemannsaugen, starrten nach oben. Man gewahrte den Engel von einem grünumwucherten Balkon – dem meinen, denn ich wohnte dahinter in drei altmodischen weißverputzten Zimmern, Zimmern mit kunstvoll gearbeiteten Tortengußdecken, breiten Schiebetüren und hohen Flügelfenstern. An warmen Abenden, bei geöffneten Fenstern, war hier ein angenehmes Plaudern, voll Melodie, weil der Wind leicht durch den Raum rauschte wie die Fächelbrise alter Damen. Und an solch warmen Abenden ist es ruhig in der Stadt. Nur Stimmen: wie ein Weberschiffchen hin und her schießende Familiengespräche auf einer efeuverhangenen Veranda; eine bloßfüßige Frau, die, vor sich hinsummend, ihren Stuhl auf dem Bürgersteig schaukelt und damit ihr Baby, das sie ungeniert stillt, in den Schlaf wiegt; fremdzüngige Klagereien einer erzürnten Hausfrau, die, auf ihrem Balkon sitzend, ein Hühnchen rupft, dessen lose Federn ihren Händen entgleiten, durch die Luft treiben, träge niederschweben.

Eines Morgens – ich glaube, es war im Dezember,

an einem kalten Sonntag mit trüber grauer Sonne – ging ich durch das Viertel zum Alten Markt hinauf, wo es um diese Jahreszeit ausgezeichnetes Winterobst gibt, süße Satsumas, das Dutzend zu zwanzig Cents, und Winterblumen: Weihnachtssterne und schneeige Kamelien. New Orleans' Straßen dehnen sich weit und öde; in verkehrsarmen Stunden ist ihre Atmosphäre wie bei Chirico, und gemeinhin harmlose Dinge (ein Gesicht hinter dem streifigen Licht der Fensterläden, in der Ferne dahinschreitende Nonnen, ein dicker schwarzer Arm, der schief aus irgendeinem Fenster baumelt, einsam in einer Seitengasse hockend ein Negerjunge, der Seifenblasen macht und melancholisch zuschaut, wie sie auffliegen und zerplatzen) erhalten verzerrte Aspekte. An jenem Morgen nun stockte ich mitten in einem Straßenblock, weil ich mit dem Augenwinkel einen Durchgang aufgefangen hatte, einen überwachsenen Hof. Starr stand dort ein irraussehender weißer Hund im farrengrünen Licht, das am Ende des Durchgangs schimmerte, und wie unter einem Zwang ging ich auf ihn zu. Drinnen war ein Springbrunnen; in zartem Strahl spie Wasser aus dem Maul eines Bronze-Affen und tröpfelte einsam klingend auf den Kieselgrund des Beckens. Er hing an einer Weide, ein Ganovengesicht mit platinblondem gelocktem Haar; er hing so lasch wie die Zweige der Weide. Grauen lag über diesem in Schweigen erstickten Garten. Mit blinden Augen schauten geschlossene Fenster darauf nieder; Schneckenspuren glitzerten Silber auf den Elefantenohren; nichts rührte sich außer seinem Schatten. Er schwang ganz wenig, vor und zurück, gleichwohl ging kein Wind. Der Simili im Ring, den er trug, blinkte in der Sonne, und auf seinem Arm war ein Name tätowiert: *Francy*. Der Hund senkte den Kopf, um aus dem Brunnen zu trinken, und ich lief davon. Francy – hatte er sich um ihretwillen umgebracht? Ich weiß es nicht. N. O. ist eine verschwiegene Stadt.

Meines Steinengels Glasaugen waren wie eine Sonnenuhr, weil sie durch den Grad der Helligkeit die Zeit anzeigten: weiß am Mittag, wurden sie allmählich matter, trübe im Dämmerlicht, dunkel – Zwielichtaugen in einem Zwielichtkopf.

Zerrissene Lippen goldhaariger Mädchen grinsen trübselig von verwitterten schiefen Häuserfronten: Trinkt Dr. Nutt, Dr. Pepper, NEHI, Grappada, 7 Up, Coca-Cola. Wie jeder Ort im Süden ist N. O. eine Stadt der Reklame für alkoholfreie Getränke; die Straßen in den einsamen Vierteln sind mit Coca-Cola-Kapseln gepflastert, und nach einem Regen glitzern sie wie verlorene Groschen im Kehricht. Plakate blättern ab, liegen zerfetzt, bis sie der Sturmwind die Straße entlangtreibt gleich Steppengras – und es gibt solche, die sie schön finden; es gibt solche, die ihre Wände tapezieren mit Dr. Nutt und Dr. Pepper, mit Coca-Cola-Schönen, die, über Mietkasernenbetten lächelnd, Schutzengel bei Nacht und Heilige am Morgen sind.

Schilder überall, mit Kreide geschrieben, gedruckt, gepinselt: »Madame Ortega – Handlesen, Liebestränke, Zauberbücher, Bitte einzutreten; Wer nur herumlungert – lungere nicht hier; Bist du bereit, vor Gott zu treten? Achtung! Bissiger Hund! – Habt Mitleid mit den armen Waisen; Ich bin eine taubstumme Witwe mit zwei hungernden Kindern; Vorsicht; Blue-Wing-Chor singt heute abend in unserer Kirche (gezeichnet) Der Pfarrer.«

Im Irish-Channel-Viertel sah ich einmal eine Aufforderung an einer Tür: »Komm und sieh, wo Jesus stand.«

»Na und?« sagte eine Frau, die auf mein Klingeln die Tür öffnete. »Ich möchte sehen, wo Jesus stand«, erklärte ich, und einen Augenblick war sie verblüfft; ihr Gesicht, von rasiermesserscharfen Linien gezeichnet, war teigig weiß wie Eibischpaste; sie hatte weder Wimpern noch Brauen und trug einen Kimono aus Baumwollkattun. »Du zu klein, Süßer«, sagte sie, wobei ein stoßweises Lachen ihre Brüste hüpfen ließ, »du viel zu klein, zu sehen, wo Jesus stand.«

Da war ein Café in meiner Nähe, unglaublich langweilig, denn es war wohl das am wenigsten besuchte Café in ganz N. O., das reine Begräbnisinstitut. Der Besitzerin, Mrs. Morris Otto Kunze, schien das nichts auszumachen; sie saß den ganzen lieben Tag lang hinter ihrer Theke, wedelte sich Kühlung mit einem Palmblattfächer und bewegte sich eigentlich nur, um Fliegen totzuschlagen. Und quer über dem gesprungenen alten Spiegel hinter der Theke hatte sie sieben Zettel kleben, auf denen überall dasselbe stand: »Wozu sich Sorgen im Leben machen... keiner von uns überlebt's.«

3. Juli. Vorige Woche eine »Bin-zu-Hause«-Karte von Miss Y. erhalten, machte daher heute nachmittag Besuch. Sie ist köstlich in ihrer altmodischen Art, zudem amüsant, wenngleich unabsichtlich. Beim ersten Sehen dachte ich: Edna May Oliver, und eine Ähnlichkeit besteht da sicherlich. Wenn Miss Y. spricht, klingt das wohlbedacht, dabei redet sie blind drauflos, und ihre sherrybraunen Augen mustern ständig ihre Umgebung. Ihre Haltung ist militärisch, und sie trägt einen Spazierstock aus Malakkaholz, da eines ihrer Beine kürzer als das andere ist, ein Umstand, der ihren Gang zu einem pinguinähnlichen Watscheln macht. »Als ich in Ihrem Alter war, hat es mich unglücklich gemacht; ja, das kann ich wohl behaupten, denn Papa mußte mich zu allen Bällen begleiten, und da saßen wir dann auf solch goldenen Stühlchen, und da saßen wir dann. Keiner der jungen Herren forderte Miss Y. jemals zum Tanzen auf, mitnichten, wenngleich ein junger Mann aus Baltimore, ein Mr. Jones, in dem einen Winter herkam und du lieber Gott! – der arme Mr. Jones – ist nämlich von der Leiter gefallen – brach sich's Genick – war gleich tot.«

Mein Interesse an Miss Y. ist mehr klinisch, und

ich bin – wie ich verlegen gestehe – nicht ganz der Freund, den sie in mir sieht, weil man Miss Y. nicht eigentlich nahekommen kann: allzu sehr ist sie wie eine erdachte Geschichte, real – und unwahrscheinlich. Sie ist wie das Piano in ihrem Salon – elegant, aber ein wenig verstimmt. Ihr Haus, selbst für N. O. alt, wird durch ein schwarzes, verfallenes Eisengitter eingehegt; es ist eine schäbige Gegend, in der sie lebt, mit Zimmervermietschildern, Tankstellen und Musikautomatencafés gesprenkelt. Und doch gab es in jenen Tagen, da ihre Familie hergezogen war – was freilich lange her ist –, in ganz N. O. nichts Prächtigeres. Das Haus, von schiefgewachsenen Bäumen fast erdrückt, ist von außen altersgrau, aber im Innern ist die schmückende Kraft von Miss Y.s Ahnenerbe überall erkennbar: das Tappen ihres Stockes beim Niedersteigen über die Vogelschwingtreppen läßt Kristall erzittern; ihr Gesicht – Herz aus zerknitterter Seide – ist ein dunstiger Reflex in dekkenhohen Spiegeln; sinken läßt sie sich (beachte, während dies geschieht, wie sie sorgsam auf die Bequemlichkeit ihrer Knochen Rücksicht nimmt) in ihres Vaters Vaters Vaters Stuhl, ein bösartig strenges Behältnis mit Löwenkopf-Armstützen. Sie ist schön hier im kühlen Dunkel ihres Hauses, und wohlbehütet. Dies sind die Mauern, der Zaun, die Möbel ihrer Kindheit. »Manche Menschen werden zum Altsein geboren; so war ich zum Beispiel gräßlich als Kind, ohne die geringsten Vorzüge. Aber alt bin ich gern.

Ich habe irgendwie mehr das Gefühl –«, sie stockte, deutete mit leichter Geste auf den dämmrigen Salon, »hierherzupassen.«

Miss Y. glaubt an keine Welt jenseits von N. O.; zuweilen manifestiert sich ihre geistige Enge in ziemlich niederschmetternden Bemerkungen, wie etwa heute. Ich hatte einen kürzlichen Aufenthalt in New York erwähnt, worauf sie mit hochgezogenen Brauen sanft erwiderte: »Oh! Und wie sieht es denn da aus in der Provinz?«

1. Warum, frage ich mich, hören sich alle N. O.-Taxi-Chauffeure an, als ob sie aus Brooklyn importiert seien?

2. Es wird soviel über das hiesige Essen geredet, und wahrscheinlich stimmt es auch, daß Restaurants wie die von Arnaud und Kolb die besten in Amerika sind. Es liegt eine so anziehend träge Atmosphäre über diesen Restaurants: die langsam rotierenden Ventilatoren, die riesigen Tische und das Fehlen des Gedrängels, die Stille, die lässigen, aber ausgezeichneten Kellner, die alle aussehen, als ob sie Söhne des Hauses wären. Einer meiner Freunde wies einmal im Gespräch über N. O. und New York darauf hin, daß entsprechende Menüs – abgesehen davon, daß sie erheblich teurer wären – im Osten auf die Manier irgendeines Küchenchefs kunstvoll mit allerlei Tamtam und unrichtigen Zutaten serviert werden würden. Wie die meisten guten Dinge danke, seiner

Meinung nach, die Küche von N. O. ihre Qualität ihrer natürlichen Einfachheit.

3. Ich bin der abgestandenen Phrase vom »altertümlichen Reiz« mehr oder weniger überdrüssig. Zwar findet man den hier sehr wohl in der Architektur und in den Antiquitätenläden (wo er hingehört) oder im Gemisch des Dialektes, den man um den Französischen Markt herum hört. Aber sonst ist N. O. nicht reizvoller als irgendeine andere Stadt im Süden – im Grunde sogar weniger, weil es die größte ist. Der wichtigste Teil dieser Stadt besteht aus ihrem geistigen Schwemmland, Straßen und Bezirken jenseits der Touristenwege.

(Aus einem Brief an R. R.) In der Wohnung unter mir sind neue Leute, die dritten Mieter im vergangenen Jahr; ein Durchgangsort, dies Viertel, Guten Tag und Guten Weg. Als ich zuerst herkam, lebte hier ein richtiger echter Schurke. Er war gewissenlos, dreckig und unredlich – ein lasterhafter Satyr, sozusagen. Mr. Buddy, die Ein-Mann-Kapelle. Mehr als wahrscheinlich, daß Du ihn schon gesehen hast – nicht hier natürlich, sondern in irgendeiner anderen Stadt, denn er ist ständig auf der Walze, er und sein altes Banjo, Trommel und Harmonika. Ich traf ihn öfter unversehens, an verschiedenen Straßenecken, drauflosdonnernd, inmitten einer Schar lungernder Zuhörer. Im Bewußtsein, daß er mein Nachbar war, versetzten mir solche Begegnungen jedesmal einen heftigen Schock. Doch um die Wahrheit zu sagen, war er kein schlechter Musiker – ein wirklich ausgezeichneter sogar, wenn er am Spätnachmittag und zu seinem Vergnügen zur Gitarre sang, schaurige Balladen mit einer gramgetränkten Whiskystimme sang: wie schrecklich es Verliebten geht.

»He, du, Junge! Du da oben...« Ich war dieser Du, denn er hatte nie meinen Namen gekannt und zeigte sich nie sonderlich interessiert, ihn herauszufinden. »Mach, daß du runterkommst, und hilf mir ein paar kippen.«

Sein Balkon, kleiner als der meine, war von süßduftender Glyzinie abgeschirmt; da es kaum nennenswerte Möbel gab, saßen wir gewöhnlich auf dem Fußboden im grünen Schatten, kippten eine Sorte Gin, Einreibespiritus nah verwandt, und dabei zupfte er dann seine Gitarre, deren unaufhörliches Gewinsel das tiefe Grollen seiner Stimme noch unterstrich. »Bin überall gewesen, mal da, mal dort, dauernd herum; bin fünfundsechzig, und keine Frau, die mich mal hatte, kann noch mit'm andern Mann was anfangen; so is das – habe selber auch 'ne Masse Frauen und 'ne Masse Kinder gehabt, was aus den'n geworden is, weiß der Himmel – kümmert mich auch 'n Dreck, bei keiner – wär höchstens die Rhonda Kay. Mensch, das war'n Weib, süß wie Sumpfhonig, un war die scharf auf mich! Hitzig in einer Tour un noch dazu verheirat't mit'm Baptistenpfarrer, und vier Kinder hatte se - fünfe, mit meinem. Hab' mir schon manchesmal überlegt, was es wohl war – Junge oder Mädchen. Junge, denke ich. Von mir kriegen se immer Jungen... Nu is das ja alles lange her un das war damals in Memphis, Tennessee. Jaja, bin überall gewesen, im Zuchthaus – un in so großen feinen Häusern wie dem Rockefeller seins – mal hier, mal da, dauernd herum.«

Und in dieser Weise konnte er es weitertreiben, bis der Mond aufging, seine Stimme quarrig wurde und die Worte psalmodierend ineinanderflossen.

Sein fleckiges und verrunzeltes Gesicht trug eine Art trügerische Freundlichkeit zur Schau, ein unschuldiges Zwinkern, aber seine Augen waren orientalisch schief, und seine Fingernägel hielt er lang, messerspitz und glänzend poliert, wie ein Chinese. »Gut zum Kratzen und auch praktisch bei 'ner Keilerei.«

Immer trug er eine Art Kostüm: schwarze Hosen, feuerwehrrote Socken, Tennisschuhe, bequemlichkeitshalber an den Zehen aufgeschlitzt, einen Einreiher, eine graue Samtweste, die, wie er sagte, seinem Ahnherrn Benjamin Franklin gehört habe, und eine Baskenmütze, besteckt mit »Wählt-Roosevelt!«-Knöpfen. Und es läßt sich nicht verheimlichen – er *hatte* eine ganze Menge Freundinnen – jede Woche eine andere, versteht sich, aber es ist kaum vorgekommen, daß ihm nicht irgendeine die Mahlzeiten kochte; und wenn ich bei solchen Gelegenheiten dazukam, pflegte er unweigerlich und auf die artigste Weise vorzustellen: »Bitte sehr: Mrs. Buddy!«

Einmal wachte ich spät in der Nacht mit dem Gefühl auf, nicht allein zu sein; ganz zweifellos war jemand in meinem Zimmer, und ich konnte ihn mondbeschienen im Spiegel erkennen. Er war es, Mr. Buddy, der heimlich Schreibtischladen öffnete, zuschob, und plötzlich spritzte meine Schachtel mit den Pennies auf den Fußboden, rollten sie klirrend nach allen Seiten. Da hatte es keinen Sinn, sich zu verstellen, also knipste ich die Lampe an, und Mr. Buddy schaute mich geradheraus an, kaum verwirrt, und grinste. »Paß auf du«, sagte er und war so nüchtern, wie ich ihn nie erlebt hatte, »paß auf, ich muß hier schleunigst verschwinden.«

Ich wußte nicht, was ich sagen sollte, und er schaute, leicht rot werdend, vor sich auf den Fußboden. »Sei schon ’n guter Kerl, los, hast du irgendwelches Geld?«

Ich konnte nur auf die verstreuten Pennies deuten; ohne jedes weitere Wort kniete er sich hin, sammelte sie ein und ging, in sehr aufrechter Haltung, zur Türe hinaus.

Am nächsten Morgen war er fort. Drei Frauen sind hergekommen, um nach ihm zu fragen, aber ich weiß nicht, wo er steckt. Vielleicht ist er in Mobile. Wenn Du ihn irgendwo dort herum siehst, R., willst Du mir dann eben bitte eine Karte schreiben?

I want a big fat mama, yes, yes! Shotgun's Finger, lang wie Bananen und dick wie saure Gurken, hämmern auf den Tasten herum, und seine Füße, den Boden stampfend, erschüttern das Café. Shotgun! Größte Schau der Stadt! Kann nicht für 'n Penny singen, aber Mann, was der auf dem Klavier losrasseln kann – hört euch das an: *She's cool in the summer and warm in the fall, she's a four-season mama and that ain't all*... Da legt er los, sein dickes Maul aufgerissen wie ein Krokodil, seine freche rote Zunge schmeckt die Melodie, liebt sie, vereinigt sich mit ihr im Liebesspiel; aah, Shotgun, aah-aah-aah. Seht, wie er lacht, dies schwarze, aus allen Fugen geratene Gesicht, von Schüssen zernarbt, glitzernd von Schweiß über und über. Gibt es irgendein menschliches Laster, von dem er nicht wüßte? Eine Schande dabei... kaum jemals sieht irgendein Weißer Shotgun, denn dies ist ein Negercafé. Vorjährige verstaubte Weihnachtsdekorationen verschönen die salpetrig abblätternden Wände; orange-grün-rote Streifen Kreppapier, die von nackten Birnen herunterhängen, flattern im Luftzug eines müden Ventilators; der Inhaber, ein gutaussehender Mischling mit verhängten Lidern über milchigblauen Augen, brüllt über die Theke gelehnt: »Heda, was denkt ihr, was das hier is? 'n Wohltätigkeitsinstertut? Raus mit'm Zweier, Nigger, aber 'n bißchen plötzlich.«

Und heute ist Samstag. Der Raum schwimmt im Zigarettenrauch und Samstagnachtparfüm. All die schmierigen Holztischchen haben eine doppelte Reihe Stühle um sich, und jeder kennt jeden, und einen Moment ist die Welt dieser Raum, dieser dunkle verjazzte, gräßliche Raum; ist Shotguns stampfender Fuß unser Herzschlag, alles Erfreuliche unseres Lebens glüht im Glanz seiner listigen Augen. *I want a big fat mama, yes, yes!* Vornüber schaukelt er auf seinem Stuhl, und da er den Kopf hebt, um uns anzuschauen, schwingt sich ein aufjauchzendes Gebrüll in die Nacht: *I want a big fat mama with the meat shakin on her, yes!*

New York

Ein Mythos ist sie, die große Stadt, die Räume und Fenster, die dunstspeienden Straßen, für jeden, alle, ein anderer Mythos, der Kopf eines Götzen mit Verkehrsampelaugen, in freundlichem Grün oder spöttischem Rot blinzelnd. Diese Insel, wie ein demantener Eisberg auf den Wassern des Flusses schwimmend, heißt sie New York, nennt sie wie immer ihr wollt; auf den Namen kommt es kaum an, weil man, aus der vertrauteren Wirklichkeit des Anderswo kommend, nur auf der Suche nach der großen Stadt ist, einem Ort zum Verbergen, sich darin zu verlieren oder sich selbst zu entdecken, einen Traum wahrzumachen, mit dem man beweist, vielleicht letzten Endes doch kein häßliches Entlein zu sein, sondern wunderbar und der Liebe wert, wie man es glaubte auf den Stufen der Haustür, an der die Fords vorüberfuhren – wie man es glaubte beim Planen dieser Suche nach einer großen Stadt.

Habe zweimal in der letzten Woche die Garbo gesehen, einmal im Theater, wo sie neben mir saß, und nochmals in einem Antiquitätenladen der Third Avenue. Als ich zwölf war, hatte ich eine Serie lästiger Unfälle und lag daher viel zu Bett, wobei ich meine Zeit zumeist damit verbrachte, ein Stück zu schreiben für die schönste Frau der Welt, als die ich Miss Garbo in dem Brief bezeichnete, der meinem Manuskript beilag. Doch weder Stück noch Brief wurden je bestätigt, und lange Zeit trug ich einen fürchterlichen Groll in mir, der denn auch tatsächlich erst neulich abend verflog, als sich mir buchstäblich das Herz umdrehte, da ich die Frau im Nebensitz erkannte. Es überraschte, sie so klein zu finden und mit so lebendigen Farben: wie Loren MacIver hervorhob, erwartet man bei diesen Zügen kaum obendrein noch Farben.

Jemand fragte: »Meinen Sie, daß sie überhaupt intelligent ist?«, was mir eine unverschämte Frage erschien; wen kümmert es schließlich, ob sie intelligent ist oder nicht? Sicherlich genügt es, daß solch ein Gesicht überhaupt nur da sein kann, wenngleich die Garbo selber dahin gekommen sein muß, die fast tragische Verantwortung, es zu besitzen, zu beklagen. Auch sollte man keine Witze über ihren Wunsch nach Alleinsein machen, selbstverständlich wünscht sie das. Ich denke mir, daß dies die einzige Zeit ist, da sie sich nicht allein fühlt – wer ungewöhnliche Pfade wandelt, trägt stets einen Kummer in sich, und man trauert nicht in der Öffentlichkeit.

Gestern im Antiquitätenladen stöberte sie herum, alles ziemlich eingehend betrachtend, an nichts wirklich interessiert, und einen unsinnigen Augenblick lang glaubte ich, sie ansprechen zu wollen, weil ich nämlich nur ihre Stimme hören wollte; der Augenblick verging, Gott sei Dank, und gleich darauf war sie zur Tür hinaus. Ich trat zum Fenster und beobachtete, wie sie mit jenem langen, schwingenden Schritt die dämmerblaue Straße entlangeilte. An der Ecke stockte sie, als sei sie unsicher, welche Richtung sie nehmen wolle. Die Straßenlaternen flammten auf, und eine merkwürdige Spiegelung des Lichts schuf plötzlich auf der Avenue eine glattweiße Wand – mit windgepeitschtem Mantel und allein ging die Garbo, noch immer die schönste Frau der Welt, die Garbo, ein Symbol, direkt darauf zu. –

Mittagessen heute mit M. Was in aller Welt soll man mit ihr machen? Sie sagt, das Geld sei endgültig zu Ende, und wenn sie nicht heimkomme, verweigere ihre Familie jegliche Hilfe. Es scheint wohl hart, aber ich sagte ihr, daß ich keine andere Möglichkeit sähe. Genau betrachtet, freilich, halte ich eine Heimkehr bei ihr nicht für denkbar. Sie gehört zu jener Sekte, die am raschesten, unwiderruflich, von New York eingefangen wird, den begabten Unbegabten – zu intelligent, um sich in einer provinzielleren Atmosphäre zufriedenzugeben, doch nicht intelligent genug, um frei in der so erwünschten atmen zu können, existieren sie, neurotisch an den ausgefransten Rändern des New Yorker Lebens knabbernd.

Einzig der Erfolg, und zwar auf gewagter Höhe,

kann Erleichterung geben; allein für Künstler ohne eine Kunst ist es ständige Spannung ohne Entspannung, Reizung ohne daraus entstehende Perle. Vielleicht daß es eine gäbe, wenn der Zwang, Erfolg haben zu müssen, nicht so enorm wäre. Sie fühlen die Notwendigkeit, sich erweisen zu müssen, weil der amerikanische Mittelstand, aus dem sie zumeist stammen, vernichtende Worte für einen Menschen mit Gefühlsleben hat, für die Jungen voll experimentierfreudiger Intelligenz, die nicht unmittelbar zeigen, daß diese Bemühungen sich in barer Münze auszahlen. Doch wenn eine Kultur zerfällt, ist es dann bare Münze, was die Erben zwischen den Ruinen finden? Oder ist es eine Statue, ein Gedicht, ein Drama?

Was nicht heißen soll, daß die Welt M. oder sonst jemandem ein Auskommen schuldet; leider würde sie – wie die Dinge bei ihr einmal liegen, höchstwahrscheinlich gar kein Gedicht machen können, kein gutes jedenfalls; dennoch ist sie wichtig, ihr Wert durch eine über das übliche Maß hinausgehende Ehrlichkeit ausgeglichen, und sie verdient ein besseres Schicksal, als von verspäteter Jugendlichkeit in ein vorzeitiges Mittelalter überzugehen, ohne eine Zwischenzeit und ohne etwas herzeigen zu können. – In der Straße zur Stadt hin liegt eine Radiowerkstatt, die ein ältlicher Italiener führte, Joe Vitale. Im Frühsommer tauchte quer über der Ladenfront ein seltsamer Anschlag auf:

Der schwarze Witwr. Und in kleineren Buchstaben: »Achtet in diesem Fenster auf Neuigkeiten über den schwarzen Witwer.« Also war man neugierig in der Nachbarschaft und wartete. Eines Tages darauf wurden zwei vergilbte Fotografien diesem Aushang zugefügt: Sie zeigten – vor etwa zwanzig Jahren aufgenommen – Mr. Vitale als kräftigen Mann in knielangem, schwarzem Badeanzug mit schwarzer Schwimmkappe und einer Maske. Schreibmaschinen-Bildunterschriften darunter erklärten, daß Joe Vitale, den wir alle nur als vornübergebeugten, melancholisch blickenden Radiotechniker kannten, einstmals, in einer erhabeneren Körperlichkeit, Meisterschwimmer und Rettungswache am Strand von Rockaway war.

Wir wurden ermahnt, weiterhin auf die Fenster acht zu haben; unser Lohn kam in der folgenden Woche: In einem ins Auge springenden langen Zettel gab Mr. Vitale bekannt, daß der *schwarze Witwr* beabsichtige, seine Karriere wiederaufzunehmen. Es hing ein Gedicht im Fenster, und dies Gedicht hieß »Der Traum des Joe Vitale«; es berichtete, wie er davon geträumt, noch einmal die Brust den Wogen zu bieten, das Meer zu besiegen.

Am nächsten Tage erschien eine letzte Notiz – es war tatsächlich eine Einladung, in der wir alle aufgefordert wurden, am 20. August nach Rockaway zu kommen, denn an diesem Tage wollte er von da zum Jones-Strand hinüberschwimmen, eine weite

Strecke. An den noch dazwischenliegenden Sommertagen saß Mr. Vitale vor seinem Laden auf einem Klappstuhl, die Wirkung seiner verschiedenen Ankündigungen auf die Vorübergehenden beobachtend, saß da, träumerisch und reserviert, lächelnd und höflich nickend, wenn Nachbarn kurz stehenblieben, um ihm Glück zu wünschen. Ein vorlautes Bürschchen erkundigte sich, warum er das e bei Witwr ausgelassen habe, und er gab sehr milde zur Antwort, daß dies e bei Witwer nur für Frauen sei.

Eine Zeitlang geschah nichts weiter. Eines Morgens dann wachte die Welt auf und verlachte den Traum des Joe Vitale. In jeder Zeitung war seine Geschichte, die Boulevardblätter brachten sein Bild auf den Titelseiten. Und klägliche Bilder waren es noch dazu, denn da war er nicht im Augenblick des Triumphes, sondern des tiefsten Jammers, da stand er am Strand von Rockaway, Polizisten rechts und links. Und in ihren Berichten nahmen die Zeitungen zumeist diese Haltung ein: Es war einmal ein verrückter alter Idiot, der sich mit Fett einschmierte und hinunter ans Meer trottete, doch als die Rettungswache ihn so weit hinausschwimmen sah, stiegen die Männer in ihre Boote und holten ihn ans Ufer; so ein Heimlicher, dieser komische alte Kerl, denn im Augenblick, da sie den Rücken gewandt hatten, war er schon wieder auf und davon, und so ruderte die Rettungswache nochmals hinaus, und *der schwarze Witwr*, an den Strand geschleift wie ein halbtoter Haifisch, kam nicht unter den Gesängen der Meermädchen zurück, sondern unter Flüchen, Verwünschungen und Polizeitrillerpfeifen.

Gehört hätte es sich, daß man hingegangen wäre und Joe Vitale versichert hätte, wie leid es einem tut, wie tapfer man ihn findet, und was man eben so sagen kann; der Tod eines Traumes ist nicht weniger traurig als wirklicher Tod und verlangt von den Betroffenen gleichtiefe Trauer. Doch sein Radioladen ist geschlossen; er ist es nun schon lange Zeit; nirgendwo ist ein Zeichen von ihm, und sein Gedicht hat sich von der Stelle abgelöst, ist außer Sicht gefallen.

Hilary sagte, ich solle kommen und Tee trinken, ehe noch die anderen Gäste erschienen. Obgleich er eine entsetzliche Erkältung hat, bestand er darauf, die Party durchzuführen; natürlich, warum auch nicht? Gastgeber spielen ist sein Allheilmittel. In wessen Haus man auch sein mag, sobald Hilary dort ist, ist es sein Haus, ist man sein Gast. Manche finden diese Haltung zu anmaßend, aber die eigentlichen Gastgeber sind stets entzückt, weil Hilary mit seiner großen, eindrucksvollen Erscheinung und den tönenden, von Gelächter begleiteten Monologen noch den trübseligsten Anlässen einen überschäumenden Glanz verleiht. Hilary wünscht sich so, daß jedermann glänzt, die Gestalt aus einem Märchenbuch ist; irgendwie bringt er sich selbst zu der Überzeugung, daß die grauesten Geschöpfe von sagenhaftem Schimmer umgeben sind; mehr noch: er überzeugt auch sie davon, und das erklärt zum Teil die liebevolle Art, in der die gemeinhin nicht weichherzige Allgemeinheit von ihm spricht.

Ein weiterer Grund für seine Anziehungskraft ist, daß Hilary sich stets gleichbleibt, immer bringt er einen zum Lachen, wenn man verdammt nahe am Heulen ist, und dann ist da dies merkwürdige Gefühl, daß er, wenn man weggegangen ist, nun für einen noch heult. Hilary, mit einer Velvetschlafdecke über den Knien, ein Telefon in der einen Hand, ein Buch in der andern; ein Radio, eine Musikbox, ein weiteres Telefon und ein Plattenspieler, die alle aus den Nebenräumen herübertönen.

Als ich zum Tee kam, saß Hilary wohlverpackt im Bett, von dem aus er seine Party zu dirigieren gedachte. Die Wände dieses Zimmers sind mit Fotografien tapeziert, von beinahe jedem, den er irgendwann einmal gekannt hat: unverheiratete Damen, Debütantinnen, irgend jemandes Sekretärin, Filmstars, College-Professoren, Ballettmädchen, Zirkusclowns, Ehepaare der reichen Gesellschaft, Geschäftsleute – sie mögen mit ihm auseinandergekommen sein, aber er erträgt es nicht, jemanden zu verlieren, oder irgend etwas. Bücher sind in Winkeln gestapelt, lasten auf Borden, darunter seine alten

Schulhefte und uralte Theaterprogramme, Haufen aus Muscheln, zerbrochenen Schallplatten, vertrockneten Blumen, Vergnügungspark-Souvenirs verwandeln die Wohnung in ein Dachboden-Wunderland.

Es mag eine Zeit kommen, da es keinen Hilary mehr gibt; es wäre nicht schwer, ihn zu zerstören – möglich, daß jemand es tut. Könnte es sein, daß die Wandlung von der Ahnungslosigkeit zur Erkenntnis in jenem Augenblick geschieht, da wir entdecken, nicht von aller Welt geliebt zu werden? Die meisten von uns begreifen dies allzu früh. Aber Hilary weiß es bis heute noch nicht. Ich hoffe, er lernt es nie, denn ich fände es schrecklich, wenn er plötzlich sähe, daß er ganz allein auf dem Spielplatz spielt und seine Liebe an Zuschauer verschwendet, die niemals da waren.

August. Obgleich die Morgenblätter einfach schön und warm schrieben, war es um die Mittagsstunde offenkundig, daß etwas Außergewöhnliches vor sich ging, und Büroangestellte, die mit dem benommenen, mißlaunigen Ausdruck eingeschüchterter Kinder vom Mittagessen zurücktrudelten, begannen Wetterbericht zu wählen. Um die Mitte des Nachmittags, als die Hitze sich wie eine Mörderhand über dem Mund des Opfers schloß, schlug die Stadt um sich und wand sich, doch mit ihrem erstickten Aufschrei, ihrer gedrosselten Eile, ihren behinderten

Regungen war sie wie ein ausgedörrter Brunnen, irgendein sinnloses Monument, und versank in starre Reglosigkeit. Die dampfigen weidenschlaffen Strekken im Zentralpark waren wie ein Schlachtfeld mit vielen Gefallenen – reihenweise lagen erschöpfte Opfer zusammengekrümmt im totenstillen Schatten, während Bildreporter, die das Desaster dokumentarisch festhalten wollten, gespenstisch zwischen ihnen herumschlichen. Bei Nacht öffnet die Hitze einer Stadt den Schädel, ihr bleiches Hirn bloßlegend und ihr Zentralnervensystem, das sirrt wie das Innere einer elektrischen Birne.

Ich würde wahrscheinlich ein gut Teil mehr Arbeit fertigbringen, wenn ich New York verließe. Indessen stimmt das höchstwahrscheinlich wiederum nicht. Wenn man nicht ein gewisses Alter erreicht hat, erscheint einem das Land als langweilige Sache, und ich jedenfalls liebe die Natur nicht allgemein, sondern im besonderen. Ungeachtet dessen ist die Stadt – man sei denn verliebt oder gesättigt, ehrgeizbesessen, auch ohne Neugier oder schicksalergeben (was neuerdings gleichbedeutend mit glücklich zu sein scheint) – wie eine Riesenmaschine, rastlos darauf gerichtet, Zeit zu vergeuden, Illusionen zu verschlingen. Binnen kurzem kann die Suche, das Entdeckenwollen, unheilvoll gehetzt, angstschweißtreibend werden, ein Rennen über Hürden aus Benzedrin und Nembutal. Wo ist, wonach du Ausschau hältst? Und was übrigens ist es überhaupt, wonach du Ausschau hältst? Es ist ein Elend, eine Einladung abzulehnen; immerzu weigert man sich, um dann nur überraschend aufzutauchen; schließlich ist es schwer, fortzubleiben, wenn etwas geisterhaft flüsternd hartnäckig behauptet, daß du durch dein Abseitsbleiben die Liebe aus dem Fenster fliegen ließest, dir die Antwort versagt, auf immer verloren hast, wonach du Ausschau hieltest – o bedenke, dies alles erwartet dich bloß zehn Querstraßen weiter – eil dich, setz den Hut auf, bemüh dich nicht erst um den Bus, schnapp dir ein Taxi, na also, eil dich, drück auf die Türklingel, hallo, du wieder einmal reingefallener Narr.

Heute ist mein Geburtstag, und wie immer hat Selma daran gedacht: ihre traditionelle Gabe, ein sorgfältig in einen Bogen Seidenpapier gewickeltes Zehncentstück, kam mit der Morgenpost. Dem Alter wie der Zeit nach ist Selma meine älteste Freundin; seit dreiundachtzig Jahren lebt sie in derselben Kleinstadt von Alabama; ein verkrümmtes Weiblein mit pergamentdürrer Haut und lebhaften Augen unter schweren Lidern, war sie siebenundvierzig Jahre lang Köchin im Hause meiner drei Tanten; doch da diese tot sind, ist sie auf den Bauernhof ihrer Tochter umgezogen, um – wie sie sagt – stillzusitzen und es gemütlich zu haben. Doch ihrem Geschenk beigelegt war so etwas wie ein Brief, und darin schrieb sie, ich solle bereit sein, da sie nun an einem der nächsten

Tage den Überlandbus nach dieser »grandosen Stadt« nehmen würde. Das hat gar nichts zu bedeuten; sie wird nie kommen, aber sie droht damit seit Menschengedenken. Den Sommer, ehe ich zum erstenmal New York sah – und das ist vierzehn Jahre her – saßen wir immer schwatzend miteinander in der Küche, unsere Stimmen surrten den lieben langen Tag dahin, und worüber wir zumeist sprachen, das war die Großstadt, in die ich bald gehen würde. Sie bildete sich fest ein, daß es dort weder Bäume noch Blumen gebe, und sie hatte erzählen hören, daß die meisten Menschen unter der Erde lebten oder wenn nicht unter der Erde, dann im Himmel. Außerdem gab es »nichts Nahrhaftes zu essen«, keine guten Butterbohnen, Wildartischocken, Okraschoten, Yamwurzeln, Wurst – so wie wir sie daheim hatten. Und kalt ist es, sagte sie, jajadumeinje, geh nur dahin in diese kalte Gegend, bald wir dich wiedersehen, wird deine Nase erfroren und abgefallen sein.

Aber dann brachte Mrs. Bobby Lee Kettle ein paar Dias von New York mit, und danach begann Selma ihren Freundinnen zu erzählen, daß sie mit mir gehen würde, wenn ich nach Norden reiste. Das Städtchen schien ihr mit einemmal zusammengeschrumpft und armselig. Und so kauften ihr meine Tanten denn eine Rückfahrkarte in der Annahme, daß sie mit mir hinfahren, umkehren und zurückkommen sollte. Alles ging prächtig, bis wir zum Busbahnhof kamen; da begann Selma zu weinen und sagte, daß sie nicht fahren könne, daß sie sterben würde so weit weg von zu Haus.

Für einen ganz jungen Menschen ist die Großstadt eine freudlose Stätte; es war ein trauriger Winter, drinnen und draußen, rundherum. Später dann, wenn man älter ist und verliebt, gibt der gedoppelte Eindruck, den man mit der Geliebten teilt, den Erfahrungen Struktur, Gestalt, Bedeutung. Alleine reisen ist Fahrt durch ödes Land. Aber wenn man nur genug liebt, vermag man zuweilen für sich selbst und gleichzeitig für den anderen zu sehen. So ging es mir mit Selma. Ich sah alles zweifach: den ersten Schnee und Schlittschuhläufer, im Park dahinfliegend, die feinsten Pelzmäntel der drolligen Kalte-Gegend-Kinder, die Rutschbahn in Cony Island, Kaugummi-Automaten in der Untergrund, die magischen Automatenbuffets, die Inseln im Strom und das Glitzern auf der dämmernden Brücke, das Aufschluchzen einer Kinomusik, die Männer, die Tag für Tag in den Hof kamen und die gleichen abgeleierten heiseren Lieder sangen, das prächtige Märchen eines Zehn-Cent-Ladens, wo man nach der Schule hinging, um zu stibitzen; ich beobachtete, hörte, sammelte es auf in mir für die geruhsamen Küchenstunden, da Selma, wie immer, sagen würde: »Erzähle mir von da, aber wahre Geschichten jetzt, keine von deinen Schwindeleien.« Meist aber waren es Schwindeleien, was ich erzählte; es war nicht meine Schuld, ich konnte mich nicht recht erinnern, weil es war, als sei ich auf einem jener unwirklichen Schlösser gewesen, die von Gestalten aus Märchen aufgesucht werden; hat man sie verlassen, erinnert man sich an nichts, geblieben allein ist das geisterhafte Echo des Wunderspuks.

Brooklyn

Auf dem einsamen Platz ragt schwarz und verfallen eine verlassene Kirche empor; ein Schild mit der Aufschrift *zu vermieten* verunstaltet ihre barocke Fassade; Spatzen nisten zwischen den steinernen Blumen über dem Portal, das mit Kreideinschriften beschmiert ist (Kilroy war hier, Seymour liebt Betty, Du Stinktier!); im Innern, wo das Sonnenlicht auf zerbrochene Kirchenstühle fällt, haben alle möglichen streunenden Geschöpfe eine Heimstatt gefunden: man gewahrt dunkle Katzen, die aus den Fenstern sehen, hört die Schreie seltsamer Tiere, und Kinder aus der Umgegend, die sich gegenseitig zum Betreten der Kirche herausfordern, schleppen beim Herauskommen Knochen mit, von denen sie behaupten, es seien menschliche. (Yeah, es ist so! Wenn ich dir's sage; den Kerl habn'se umgebracht.) Diese grundhäßliche Kirche verkörpert für mich etwas von Brooklyns wesentlichen Elementen: Ich habe das unbehagliche Gefühl, daß man, würde ein ihr ähnliches Gebäude zerstört, unverzüglich daranginge, ein anderes, gleichermaßen altes und abscheuliches zu errichten; denn ungleich Manhattan hat Brooklyn, oder genauer die Kette der unter diesem Namen verbundenen Städte, keinerlei Interesse an architektonischer Wandlung. Es bezeigt auch keine Nachsicht gegenüber dem Individuum: verzweifelt betrachtet man die endlosen Straßenzüge einander gänzlich gleicher geschmackloser Bungalows aus Braunsandstein, die unweigerlich verlassenen, aschgrauen Viertel, wo die traurigen, süßen, heftigen Kinder Blätter und Bauholz für ihre Oktoberfeuer sammeln, die traurigen, süßen Kinder, die die glastenden Auguststraßen entlangjagen; Tötet den Juden! Tötet den Italiener! Tötet den Nigger! – ein Brauch dieses Landes, wo die geistige Architektur unwandelbar ist wie die Häuser.

Freunde aus Manhattan, die nicht gewillt sind, die umständliche, niederdrückende U-Bahn-Fahrt auf sich zu nehmen (O komm doch, B., ich schwöre dir, man braucht nicht mehr als vierzig Minuten, und du mußt ganz bestimmt nur dreimal umsteigen), sagen jede Einladung ab. Deshalb hänge ich oftmals dem Wunschtraum nach, die Kirche zu mieten und zu renovieren: wer könnte dem widerstehen, eine so eigenartige Behausung zu besuchen? So wie die Dinge liegen, habe ich zwei Zimmer in einem Braunsandsteinhaus, das sich zwanzigmal auf dem Platz wiederholt; das Innere ist ein viktorianischer Dschungel: In modernde griechische Schleier gehüllt, tänzeln schmutzig lilienbleiche Damen mit plumpen Gesichtern scharenweise über die Tapeten; in der Halle sind eine leere, angelaufene Schale für Besuchskarten und ein Hutständer, knorrig wie eine flüchtigen Blicks an der britannischen Küste erspähte Fichte, elegante Erinnerungsstücke aus Brooklyns besseren Tagen; der Salon quillt über von staubigen befransten Möbelstücken, über dem verstimmten alten Klavier paradiert in Daguerreotypie die ganze Familiengeschichte, überall tun Schondecken wie gehäkelte Fähnchen den Zustand der Ehrbarkeit kund, und wenn ein Zugwind durchs Zimmer geht, lassen perlgezierte Lampen orientalische Weisen erklingen.

Es gibt jedoch Telefone: zwei im oberen Stock, drei unten und hundertfünfundzwanzig im Erdgeschoß; meine Wirtinnen sind nämlich in eben diesem Erdgeschoß mehr oder weniger an ein Schaltbrett gekettet: Mrs. Q., eine watschelnde verkümmerte Frau mit rotem Bulldoggengesicht, lavendelblauen Knopfaugen und leuchtend orangefarbenem, unglaublichem Haar, das sie, wie Miss Q., ihre Tochter, wild bis auf die Hüften herabfallend trägt, ist eine mißtrauische Person, und ihr Mißtrauen ist das derjenigen, die, alles verachtend, nach einem Grund suchen. Die arme Miss Q. ist einfach nur müde; sanft und honigsüß, arbeitet sie in einer gewissermaßen lebenslangen Müdigkeit, und manchmal frage ich mich, ob sie wirklich Miss Q. ist oder Zasu Pitts. Nichtsdestoweniger besteht zwischen uns eine liebenswürdige Beziehung, die hauptsächlich darauf beruht, daß wir beide von haarsträubendem Kopfweh geplagt sind. Fast täglich schleicht sie sich zu mir herauf und bittet, über ihre ungehörige Keckheit kichernd, um ein Aspirin. Ihre Mutter, eine Anhängerin Bernarr MacFaddens, verbietet Aspirin wie alle übrigen Medikamente als »Teufelsgebräu«. Ihre Geschichte ist eine altbekannte: Mr. Q., »ein unstreitbar führender Leichenbestatter«, ging »ganz einfach und ohne Ankündigung« dahin, »während er die *New York Sun* las«, und ließ seine Frau und eine unverheiratete Tochter »ohne alle Existenzmittel« zurück, weil »ein Schwindler Papa dazu gebracht hatte, all sein Geld in einer Fabrik zur Fertigung künstlicher Trauerkränze zu investieren«. Deshalb richteten sie und ihre Mutter im Erdgeschoß einen Telefondienst ein. Seit zehn Jahren wechseln sie einander Tag und Nacht darin ab, Anrufe für Leute entgegenzunehmen, die verreist oder ausgegangen sind. »Ach, es ist ein Elend«, sagt Miss Q., mit gespielter Verzweiflung, ist doch diese Rolle einer erfolgreichen Frau die konkreteste Illusion ihres Scheinlebens, »ich spreche die lautere Wahrheit, wenn ich Ihnen sage, daß ich seit wer weiß wie vielen Jahren nicht eine ungestörte Stunde gehabt habe; Mama ist zwar auch vollauf beschäftigt, Gott segne sie, doch Mama hat ja, wie Sie wissen, eine Menge Beschwerden, und so muß ich sie fast buchstäblich im Bett festbinden. Spät in der Nacht manchmal, wenn mein Kopfweh einsetzt, dann – nun ja, dann blicke ich auf das Schaltbrett, und plötzlich ist mir, als wären all die langen Drähte Arme und Finger, die mich zu Tode quetschen.« Von Mrs. Q. weiß man, daß sie gelegentlich das Türkische Bad in der Nähe der Borough Hall aufsucht, die Abgeschlossenheit ihrer müden Tochter jedoch ist vollständig; wenn man ihr Glauben schenken darf, so hat sie das Erdgeschoß in acht Jahren nur ein einziges Mal verlassen – und an diesem freien Tag ging sie mit ihrer Mutter in die Carnegie Hall, um einer Gymnastikvorführung Mr. MacFaddens beizuwohnen.

Voller Furcht höre ich manchmal nachts, wie Mrs. Q. die Treppe heraufkeucht, um bald darauf in meiner Tür zu erscheinen; in einen fadenscheinigen seidnen Kimono gehüllt, das in der Farbe des Sonnenuntergangs leuchtende Haar wikingergleich herabwallend, bleibt sie dort stehen und sieht mich mit einem unheilvollen Glitzern an: »Schon wieder zwei«, sagt sie, und ihr rauher Bariton suggeriert Feuer und Schwefel. »Wir haben sie vom Fenster aus gesehen, zwei ganze Familien fuhren mit Möbelwagen vorbei.«

Wenn sie die Zitrone der Bitterkeit ganz ausgequetscht hat, frage ich:

»Was für Familien, Mrs. Q.?«

»Afrikaner«, verkündet sie dann mit rechtschaffenem eulenhaftem Blinzeln, »die ganze Nachbarschaft wird zu einem schwarzen Alptraum; erst Juden und nun das; Räuber und Diebe, allesamt – mir gruselt's.«

Obwohl ich glaube, daß Mrs. Q. es sich nicht klarmacht, ist das keineswegs Theater, sie fürchtet sich wirklich: Das, was da draußen vor sich geht, deckt sich mit keiner ihrer Erfahrungen; der Gatte, von dessen Denken sie zehrte, ist dahingegangen, und sie selbst, die nur über entlehnte Ansichten verfügte, besaß niemals eine eigene Meinung. An allen Türen hat sie eine unwahrscheinliche Zahl von Riegeln und Schlössern anbringen lassen, ein Teil der Fenster ist vergittert, und ein verlauster Köter läßt sein ohrenbetäubendes Gebell ertönen: jemand draußen, ein gestaltloser Jemand begehrt Einlaß. Jeder Schritt macht ihr Gewicht deutlich, während sie nun die Treppen hinabsteigt; unten tastet ein Schatten, ihr eigener, über den Spiegel: Mrs. Q., die sich nicht erkennt, hält inne, ihr Atem geht schwer, während sie überlegt, wer dort wohl wartet: ein Schauer überläuft sie: heute zwei neue, morgen weitere, die Flut steigt, ihr Brooklyn ist ein verlorenes Atlantis, selbst ihr Spiegelbild (ein Hochzeitsgeschenk, der Spiegel, weißt du noch? Vierzig Jahre: o mein Gott, wo ist die Zeit geblieben?), selbst es ist ein Jemand, ein Etwas. »Gute Nacht«, ruft sie. Die Schlösser klirren, die Haustür wird abgeschlossen; hundertfünfundzwanzig Telefone summen im Dunkel, die griechischen Damen tanzen im Schatten, das Haus seufzt, kommt zur Ruhe. Der Wind, der von draußen hereinweht, trägt aus einer blöckeweit entfernten Bäckerei den süßen Duft von Cookies herüber; Seeleute, die zur Sands Street wollen, überqueren den erleuchteten Platz, ihr Blick gleitet am Gerippe der Kirche empor und begegnet dem gelben Wissen kalter Katzenaugen. »Gute Nacht, Mrs. Q.«

Ich hörte einen Hahn krähen. Seltsam zuerst, schien es doch weniger seltsam, als ich an die geheime unsichtbare Stadt dachte, den Kontinent von Hinterhofgärtchen, die nirgendwo zahlreicher sind als hier: Hausierer und Schuhverkäufer als Ackerbauern: »Unsre eignen Rettiche, müssen Sie wissen.« Unlängst hat man eine Frau aus Flatbush eingesperrt, weil sie in ihrem Hinterhof Schweine hielt. Zweifellos trieb der Neid ihre Nachbarn zur Beschwerde. Wenn man des Abends von Manhattan kommt, ist es fast etwas entmutigend, in einen echten Sternenhimmel zu sehen und laubbedeckte Straßen entlangzuschlendern, durch die unverfälscht der neblige Ruch des Herbstes zieht, und wo die Stimmen im Dämmerlicht rollschuhlaufender Kinder durch die Stille eindrucksvolle Botschaften herantragen: »Sieh mal, Myrtle, was für'n Mond – wie'n Allerheiligenkürbis!« Drunten brodelt die Untergrundbahn, droben zersticht das Neonlicht die Nacht, ja und doch hörte ich einen Hahn krähen.

Als Gruppe gesehen, stellen die Brooklyner eine verfolgte Minderheit dar: die einfallslose Hartnäkkigkeit wenig gebildeter Hanswurste hat es dahin gebracht, daß die bloße Erwähnung ihrer Heimat zwangsläufig schallendes Gelächter auslöst; mittels derart zwerchfellerschütternder Propaganda sind ihr Dialekt, ihr Äußeres und ihre Manieren zum Inbegriff der rohsten, der vulgärsten Aspekte unseres heutigen Lebens geworden. All dies, das vielleicht durchaus gutartig begonnen haben mag, bewegt sich inzwischen auf dem messerscharfen Grat an der Grenze der Bosheit: es ist heutzutage nicht ganz respektabel, eine Brooklyner Adresse zu haben. Zweifellos eine besondere Ironie, denn in dieser unglücklichen Gegend wacht der Durchschnittsmensch, da er sich unmittelbar am Rande des Ausgestoßenseins befindet, mit morbider Intensität über die Durchschnittlichkeit; er macht in der Tat aus der Ehrbarkeit eine Religion; Unsicherheit ruft jedoch Heuchelei hervor; und so nimmt er den Großen Spaß mit dem lautesten Gelächter von allen auf: »Jaaa, is Brooklyn nich 'ne Wucht – so was Komisches!« Irrsinnig komisch, ja, aber Brooklyn ist ebensosehr auch traurig brutal provinziell einsam menschlich ruhig lümmelhaft rauh verloren leidenschaftlich subtil bitter unreif unschuldig pervers zart geheimnisvoll, die Stadt, die Crane und Whitman Gedichte schenkte, ein mythisches Reich, an dessen Küste die Wasser von Coney Island in schwacher Wehklage plätschern. Kaum jemand vermag hier über den Weg Auskunft zu geben; niemand weiß, wo irgend etwas ist, selbst der älteste Taxifahrer wirkt unsicher; glücklicherweise habe ich mein Diplom im Untergrundbahnfahren erworben, obwohl es, dessen bin ich sicher, glühenderen Fleißes bedarf, das Fahren auf diesen Geleisen zu erlernen, die, in den Fels eingegraben, den Adern versteinerten Farns gleichen, als man für die Arbeit auf einen Doktorgrad hin aufwenden muß. Während man durch die sonnenlosen, sternlosen Tunnel schaukelt, hat man das Gefühl, aufs offene Meer hinauszufahren: der Zug, der unter unwahrscheinlichem Land dahinsaust, scheint für Nebel und Sprühregen bestimmt, und einzig das Aufblinken bekannter Stationen enthüllt unsere Identität. Einmal sah ich, unter dem Fluß hindonnernd, ein Mädchen, sie war ungefähr sechzehn und, wie ich vermute, gerade erst in eine Studentinnenvereinigung aufgenommen. Sie trug einen Korb, der mit kleinen, scharlachroten Papierherzen gefüllt war: »Kaufen Sie ein einsames Herz«, jammerte sie, durch den Wagen gehend, »kaufen Sie ein einsames Herz«; doch die bleichen, ausdruckslosen Fahrgäste, von denen keiner eins brauchte, schnippten nur gegen die Seiten ihrer *Daily News*.

Jede Woche esse ich ein paarmal im Cherokee-Hotel zu Abend. Es ist ein Apartment-Hotel und äußerst ehrwürdig, sowohl im Hinblick auf Dekor wie Klientel: der jüngste Irokese, so nennen sie sich selbst, ist sechsundsechzig und der älteste achtundneunzig; natürlich sind die Frauen in der Überzahl, doch es gibt auch eine Haut-und-Knochen-Ansammlung von Witwern. Ab und an bricht ein Krieg zwischen den Geschlechtern aus, und man kann das Eintreten eines solchen Ereignisses stets unschwer daran erkennen, daß der gemeinsame Aufenthaltsraum verwaist ist; sowohl die Herren wie die Damen haben ihren eigenen Salon, und die kampfbereiten Truppen pflegen sich in diese speziellen Heiligtümer zurückzuziehen, die Damen schmollend und beleidigt, die Herren wie immer schweigend und grimmig. Beide Salons weisen außer zahlreichen niederdrückenden Erzeugnissen der Bildhauerkunst Radios auf, und wenn ein Krieg ausgebrochen ist, drehen die Damen, die sonst nicht das mindeste Interesse bezeigen, ihren Apparat so laut wie möglich auf in dem Versuch, die Abendnachrichten der Herren gewissermaßen zu ersticken. Das Dröhnen ist drei Blöcke weit zu hören, und Mr. Littlelow, der Besitzer, ein nervöser junger Mann, um das vorweg zu sagen, saust hin und her und droht die Radioapparate gänzlich zu entfernen, oder aber, was noch schlimmer ist, die Verwandten seiner Pensionäre zu benachrichtigen. Von Zeit zu Zeit muß er zu dieser letztgenannten Maßnahme seine Zuflucht nehmen, so zum Beispiel im Falle Mr. Gilbert Crockers, der so hartnäckig sündigt, daß dem armen Littlelow schließlich nichts anderes übrigblieb, als seinen Enkel herbeizuholen. Zusammen und öffentlich machten sie dem alten Mann Vorhaltungen: »Ständig gibt er Anlaß zum Streit«, klagte ihn Littlelow an, mit dem Finger auf den Übeltäter zeigend. »Er verbreitet bösartige Gerüchte über die Hotelverwaltung, behauptet, wir läsen seine Post, wir hätten ein Beteiligungsabkommen mit dem Beerdigungsinstitut Cascades, er sagte Miss Brockton, der siebte Stock sei gesperrt, weil wir ihn an eine flüchtige Verbrecherin (eine Beil-Mörderin, sagte er) vermietet hätten, wo doch alle wissen, daß ein Wasserrohr geplatzt ist. Miss Brockton verlor vor Angst fast den Verstand, und ihr Flatterherz ist seitdem wesentlich schlimmer geworden. Wir waren bereit, über all dies hinwegzusehen, doch als er auch noch anfing, Glühbirnen aus den Fenstern zu werfen, dachten wir: nun ist es wirklich an der Zeit!«

»Warum hast du Glühbirnen aus dem Fenster geworfen, Großvater?« fragte ihn der Enkel; er sah dabei nervös auf seine Uhr und wünschte ganz offensichtlich, daß der alte Mann das Zeitliche bald gesegnet hätte.

»Es waren keine Glühbirnen, mein Junge«, berichtigte Mr. Crocker geduldig. »Es waren Bomben.«

»Ja, gewiß, Großvater. Und warum hast du die Bomben geworfen?«

Mr. Crockers Blick wanderte über die Versammlung seiner Mit-Irokesen, und dann nickte der alte Mann mit finsterem Lächeln in Miss Brocktons Richtung. »Sie –«, sagte er, »sie wollt' ich in die Luft sprengen: sie ist ein widerwärtiges Scheusal: sie und die Köchin haben untereinander ausgemacht, mir niemals von der Schokoladensauce zu geben, damit dieses dicke, fette Weib sie ganz allein auffressen kann.«

Augenblicklich versammelten sich die Damen um sein auserkorenes Opfer, dessen Flatterherz sie unvermittelt bis an die Decke flattern zu lassen drohte; über dem empörten Glucken schwangen klar und deutlich Mrs. Allen T. Bonapartes Gedankensprünge: »Die arme Miss Brockton ermorden, man denke nur, haben Sie jemals das Londoner Wachsfigurenkabinett besucht? Sie wissen, was ich meine: sehen alle gleich aus, nicht wahr?« Und es verstand sich von selbst, daß die Radios an diesem Abend sämtliche Fensterscheiben würden erzittern lassen.

Eine der Bewohnerinnen aber ist so furchterregend, daß sie selbst Littlelow außer Gefecht zu setzen vermag. Mrs. T. T. Huett-Smith ist sehr groß, und wenn sie mit ihren funkelnden, gelblich gewordenen verstaubten Diamanten im Speisesaal erscheint, entbehrt ihr Auftritt lediglich eines Fanfarentuschs: Mit unsicheren Schritten geht sie auf ihren Tisch zu (es ist der, auf dem eine Rose steht, der einzige, auf dem eine Rose steht: und noch dazu aus Papier) und nimmt im Vorübergehen die Huldigungen der gesellschaftlich Ambitionierten entgegen: sie verkörpert ihre letzte Erinnerung an jene weit zurückliegenden Tage, als auch Brooklyn noch eine gehobene Gesellschaftsschicht besaß. Doch wie fast alle Dinge, die ihre gesunde Jugendfrische überlebt haben, ist auch Mrs. T. T. ein wenig dekadent und zu einer tragikomischen Übertreibung geworden: Lippenstift und Rouge, die sie in hemmungslosem Ausmaß benutzt, wirken ranzig auf ihrem mageren, zerknitterten Gesicht, und ihre Vergnügungen sind perverser Natur: nichts liebt sie mehr, als bestimmte sadistische Enthüllungen zu machen. Als Mrs. Bonaparte in das Hotel einzog und zum erstenmal den Speisesaal betrat, verkündete Mrs. T. T. bei ihrem Anblick lauthals: »Ich erinnere mich noch der Zeit, als die Mutter dieser Person Putzfrau im *schäbigsten* Bad von Coney Island war.« Eine andere Zielscheibe für sie sind die scheuen stillen Schwestern Webster: »Verwünschte alte Jungfern nannte mein Mann sie immer.«

Ich weiß um ein Geheimnis, das Mrs. T. T. betrifft. Sie stiehlt. Jahrelang hat sie das billige Warenhaussilber des Cherokee-Hotels in ihre gestickte Handtasche gleiten lassen, um dann eines Tages, zweifellos in einem Augenblick geistiger Umnachtung, im Büro mit der Bitte zu erscheinen, man möge ihre Sammlung sicher im Safe des Hotels einschließen. »Aber meine liebe Mrs. Huett-Smith«, sagte Littlelow, sich von seiner Überraschung erholend, »dies hier kann doch wohl kaum Ihr Eigentum sein, jedenfalls ist das Monogramm nicht das Ihre.« Mrs. T. T. betrachtete die Messer und Gabeln mit erstauntem Stirnrunzeln: »Natürlich nicht«, sagte sie, »nein, natürlich nicht: wir hatten stets nur das Beste.«

Es ist ein paar Wochen her, daß ich zuletzt im Cherokee-Hotel war. Ich hatte einen Traum. Ich träumte, daß eine von Mr. Crockers Bomben sie allesamt in die Luft gesprengt hätte: Und um die Wahrheit zu gestehen – ich fürchte mich ein wenig davor, hinzugehen und nachzusehen.

28. Dezember. Ein kristallblauer Tag, zu köstlich für Mrs. Q.s muffigen Bereich, darum ging ich mit meinem Freund auf den Brooklyn Heights spazieren; von allen Städten, die ich kenne, vermögen nur Bostons Beacon Hill und Charleston einen ähnlichen Eindruck von der Vergangenheit hervorzurufen (das *vieux carré* von New Orleans nehme ich aus, weil es in seiner Art zu offensichtlich fremdländisch ist); von den dreien aber erscheint mir Brooklyn Heights am wenigsten konstruiert und ganz sicher am wenigsten ausgebeutet. Natürlich ist es zum Untergang verdammt, heute schon wird es untertunnelt, ein Highway ist geplant; mit stählernen Gebissen fressen sich Maschinen durch seine Palisaden, viele alte Herrschaftshäuser harren im herrenlosen Dunkel des Einreißtrupps; im ehrbaren Schatten kleiner Dickensscher Straßen – Cranberry, Pineapple, Willow, Middagh – glitzern nagelneue rote Schilder mit der Aufschrift: *Vorsicht! Bauarbeiten*, und der Staub gesprengten Steines steht wie ein Urteilsspruch in der Luft. Als es dunkelte, kauften wir einen kleinen Pekannußkuchen; wir setzten uns auf eine Bank und sahen zu, wie in den Türmen über dem Fluß die Lichterkette aufstrahlte. Der Wind peitschte weiße Schaumkrönchen über das kalte Wasser, sang durch

die harfenähnliche Brücke, fegte schreiende Möwen im Wirbel dahin. Mein Teil des Kuchens verzehrend, saß ich da und blickte auf Manhattan, und ich überlegte, wie seine Ruinen wohl einmal aussehen mochten: was Brooklyn anlangt, so werden die Archäologen einer kommenden Zivilisation ebensowenig wie die Taxifahrer der unseren jemals das Geheimnis seiner Straßen enträtseln, ihre Bestimmung, ihren Sinn.

Hollywood

Sich Los Angeles nähern, auf dem Luftwege jedenfalls, das ist – so stelle ich's mir vor – wie eine Überquerung der Mondoberfläche: prähistorische Formen, in steinernen Rippen hochgetürmt und verwittert, schielen herauf, und paläontologische Fische schwimmen in schattendunklen Teichen zwischen Wüstenbergen: ausgebrannt und vereist, gibt es da nichts Lebendiges mehr, einzig Fels, der einst ein Vogel war, Knochen, die Sand sind, Farne zu Feuerstein gewandelt. Schließlich eine willkommenbietende Wolkenflottille – wir haben den Tunnel eines Zauberers durchkrochen, Schnee liegt auf den Bergen, doch bunt von Blumen ist das Land, eine Sommersonne steht neben der winterlichen See des Dezembers, tiefer, tiefer stößt das Flugzeug durch fedrige goldene unglaubliche Luft. Oh, stöhnte Thelma, ich vertrag das nicht, sagte sie und goß sich einen Wasserfall Kaugummibonbons in ihren Mund. Thelma war in Chikago an Bord gekommen – sie war eine junge Negerin, recht nett aussehend, bildhübsch angezogen, und es war das Herrlichste, was ihr überhaupt je passieren konnte, diese Reise nach Kalifornien: »Ich weiß bestimmt, es wird einfach großartig werden. Drei Jahre lang war ich Platzanweiserin am Lola-Theater in der State Street, nur um mir das Reisegeld zusammenzusparen. Meine Tante kann kartenlegen, und die hat gesagt: Thelma, Schätzchen, auf nach Hollywood mit dir, weil da 'ne Stelle als Privatsekretärin bei 'ner Filmschauspielerin nur auf dich wartet. Bei welcher hat sie mir allerdings nicht gesagt. Hoffentlich ist's nicht Esther Williams. Schwimmen tu ich nicht sehr gern.«

Später fragte sie, ob ich's auch beim Film versuchen wolle, und weil ihr dieser Gedanke zu gefallen schien, sagte ich ja. Alles in allem war sie sehr ermutigend und versicherte, daß sie mich – sobald sie als Privatsekretärin etabliert sei und damit Zugang zum Gehör der Großen habe – nicht vergessen, ja mir ganz gewiß jeglichen Beistand gewähren würde.

Am Flughafen war ich ihr beim Gepäck behilflich, und schließlich nahmen wir gemeinsam ein Taxi. Dabei kam heraus, daß sie keinen eigentlichen Bestimmungsort hatte, sie wünschte einfach, der Fahrer möge sie nur »mitten in Hollywood« absetzen. Es war eine lange Fahrt, und sie saß die ganze Zeit auf der äußersten Kante, unerträglich gespannt Ausschau haltend. Aber es gab da gar nicht so viel zu sehen, wie sie sich vorgestellt hatte. »Es stimmt irgendwie nicht«, sagte sie schließlich, gerade so, als habe man uns einen üblen Streich gespielt, denn auch hier wieder, wenngleich verhüllt, war die Mondoberfläche, nirgendwo eine Stätte, doch wie sehr stimmte es letztlich, daß wir hier am Ende des Kontinents nichts als einen Abladeplatz alles dessen finden sollten, was am ausgesprochensten amerikanisch ist: Ölpumpen, die wie Herzschläge von Dämonen klopfen, straßenweise unbebaute Plätze mit Gebrauchtwagen, Selbstbedienungsläden, Motels, das hach Paps ich war noch nie im Chevrolet hach Paps hach Mam hach quitsch quatsch der allgemeinen Rederei, das Allergrößte, Allerbreiteste, Allerbeste, ausgespreizt und wehrlos narkotisiert von der Makellosigkeit des Sonnenscheins, vom Meeresrauschen und der überirdischen Anmut im Dezember blühender Blumen.

Während der Fahrt war der Himmel aschgrau geworden, und als wir in den frischgewaschenen Glanz des Wilshire Boulevards einbogen, murrte Thelma, mit einem schützenden Griff nach ihrem empfindlichen Federhütchen, bei der Vorstellung eines möglichen Regens. Kommt nicht in Frage, sagte der Fahrer, bloß Wind, der Staub aus der Wüste herüberbläst. Diese Worte waren noch nicht aus seinem Munde, als schon die Palmen unter einem heftigen Guß erzitterten. Aber Thelma wußte nicht wohin mit sich, außer auf die Straße, so ließen wir sie denn dort stehen, wo der Regen ihr Kostüm auseinanderzerrte. Als uns die Verkehrsampel an der Ecke stoppte, kam sie angerannt und steckte ihren Kopf durchs Fenster: »Paß auf, Schätzchen, denk dran, was ich gesagt habe: wenn du Hunger hast oder sonst was, sieh nur zu, wo ich bin.« Dann, mit einem reizenden Lächeln: »Und hörst du, Schätzchen: doll viel Glück!«

3. Dezember. Heute war ich, dank der Bemühung einer gemeinsamen Freundin, Nora Parker, zum Lunch bei der sagenumwobenen Miss C. geladen. Eine Festungsmauer umschließt ihren Besitz, und am Eingangstor wurden wir von einem Wachtposten mehr oder weniger durchsucht, der dann unser Kommen telefonisch ankündigte. All dies war höchst befriedigend: es ist hübsch, zu wissen, daß doch wenigstens jemand so lebt, wie berühmte Filmstars leben sollen. An der Haustür wurden wir von einem rotbackigen überfütterten Kind in Empfang genommen, dem ein bonbonrosa Band im Haar baumelte. »Mammi meinte, ich soll Sie so lange unterhalten, bis sie runterkommt«, sagte sie lustlos, dann führte sie uns in ein großes und – wenn ich jetzt darüber nachdenke – monströses Zimmer: es sah aus, als habe sich irgendein reicher Schurke persönlich ein üppiges Liebesnest eingerichtet: verworfene, tiefeinsinkende Ruhelager, ganze Haufen wollüstiger Velvetkissen und Lampen mit sinnlich geschwungenen Rundungen. »Möchten Sie Mammis Sachen sehen?« fragte die Kleine.

Ihr erstes Ausstellungsstück war eine beleuchtete Vitrine. »Das«, sagte sie, auf ein Stück aus chinesischem Porzellan deutend, »ist Mammis antike Vase, für die sie bei Gump dreitausend Dollar bezahlt hat. Und das ist ihr goldener Cocktailshaker und die goldenen Becher dazu. Ich hab' vergessen, was die gekostet haben, 'ne Unmenge jedenfalls, an die fünftausend Dollar etwa. Und sehen Sie die alte Teekanne hier? Sie glauben gar nicht, was die wert ist...« Es war eine widerliche Aufzählung, und gegen das Ende zu sagte Nora, die sich benommen im Zimmer, auf der Suche nach einem anderen Gesprächsthema, umgeblickt hatte: »Solch wunderschöne Blumen! Sind die aus euerm eigenen Garten?«

»Du lieber Himmel, nein«, erwiderte die Kleine verächtlich, »die bestellt Mammi jeden Tag beim teuersten Blumengeschäft von Beverly Hills.«

»Oh?« sagte Nora, zusammenzuckend. »Und was sind deine Lieblingsblumen?«

»Orchideen.«

»Na, hör mal. Daß Orchideen deine Lieblingsblumen sein können, glaube ich einfach nicht. So ein junges Ding wie du!«

Sie dachte einen Augenblick nach. »Also ehrlich gesagt, sind sie's auch nicht. Mammi sagt bloß, das seien die teuersten.«

Genau in dem Moment raschelte es an der Tür, Miss C. kam wie ein Schulmädel quer durchs Zimmer gesprungen – ihr berühmtes Gesicht war ohne Make-up, Haarnadeln baumelten lose. »Nora-Darling«, rief sie, ihr die Arme entgegenstreckend, »entschuldige bitte, daß es so lange gedauert hat, ich war oben beim Bettenmachen.«

Gestern, plötzlich ausgehungert, erinnerte ich mich an hinreißend schöne Obstaufbauten vor einem großen Laden, an dem ich verschiedentlich bewundernd vorübergefahren war. Riesenorangen, Trauben groß wie Pingpongbälle, hochgetürmte rötliche Apfelpyramiden. Entfernungen sind hierzulande verblüffend, nichts ist so nah, wie man glaubte, und es ist nicht ungewöhnlich, fünfzehn Kilometer um eine Schachtel Zigaretten zu fahren. Es waren drei Kilometer Fußmarsch, ehe ich den Obstladen überhaupt sichtete. Die langen Ladentische waren schräggestellt, damit man schon von möglichst weit her die prächtige Ware überblickte, Äpfel, Birnen. Ich griff nach einem dieser außergewöhnlich schönen Äpfel, aber er schien in der Kiste zu kleben. Eine Verkäuferin gickerte: »Gips«, sagte sie, und ich lachte ebenfalls, vielleicht ein bißchen hektisch. Dann folgte ich ihr bedrückt in die tieferen Regionen des Ladens, wo ich sechs kleine, ziemlich mehlige Äpfel kaufte und sechs kleine, ziemlich mehlige Birnen.

Es ist die Weihnachtswoche. Und Abend ist es jetzt lange. Unterm Fenster wird das Tal von einem Lampensee elektrisch erleuchtet. Von der bedrückend spürbaren Ungesichertheit ihrer Häuser auf den Gipfeln blicken Augen ungesichert darauf nieder, fast so, als könnten sie urplötzlich verlöschen, wie Kerzen, die endlich aufgezehrt sind.

Früher am Tage heute fuhr ich im Bus den ganzen Weg von Beverly Hills bis hinein nach Los Angeles. Die Straßen sind girlandengeschmückt, wir kamen an einem Motorschlitten vorüber, der im Dahinrollen eine Fahrspur weißer Cornflakes ausspuckte, an Straßenecken klingeln Wollemänner im Schatten serienmäßig hergestellter Bäume mit Glöckchen; Weihnachtslieder, aus Lautsprecherkandelabern heulend, ergießen ihren Sirup in die Lüfte, und überall hängt, im vierundzwanzigkarätigen Sonnenschein glitzernd, Lametta wie schimmelndes Moos. Mehr Weihnachten könnte es gar nicht sein – oder weniger. Ich habe mal eine Frau gekannt, die eine rosige Villa Stein um Stein aus Italien herüberbringen und auf einer feinsäuberlichen Grasfläche in Connecticut wiederaufbauen ließ – Weihnachten ist in Hollywood genauso fehl am Platze, wie es diese Villa in Connecticut war. Und was ist Weihnachten ohne Kinder, von denen so viel Wesentliches abhängt? Vergangene Woche traf ich einen Mann, der eine Reihe Beobachtungen mit dem Ausspruch abschloß: »Und dann wissen Sie natürlich, daß dies eine Stadt ohne Kinder ist.«

Fünf Tage lang habe ich diese Bemerkung nachgeprüft, erst nur so nebenher, nun mit tödlicher Bestürzung: ungeheuerlich, ich weiß, aber seit ich dies rätselhafte Unternehmen begann, habe ich noch nicht einmal ein halbes Dutzend Kinder gesichtet. Doch zunächst eine hierhergehörige Feststellung: eine Hauptklage hier ist die Überbevölkerung; die alte Garde der Einwohner erklärt mir, die Gegend quelle über von »unerwünschten« Elementen, von

Scharen ehemaliger Soldaten, von Arbeitern, die während des Krieges zuzogen, und von jenen heimatlosen Intellektuellen, den jungen, nirgends seßhaften; doch beim Umherwandern habe ich manchmal das Gefühl eines Menschen, der an einem gespenstischen Morgen in einer zum Schweigen gebrachten, verödeten Welt erwacht, aus der über Nacht, wie die Mannschaft an Bord der *Maria Celeste*, jede lebende Seele verschwunden ist. Es herrscht eine Atmosphäre feiertäglicher Leere; hier, wo keiner zu Fuß geht, gleiten Wagen in einem nichtabreißenden schimmernden ruhigen Strom dahin – mein Schatten, der sich auf der blendend weißen Straße bewegt, wirkt wie das einzig lebende Element in einem Chirico. Es ist nicht die behagliche Stille, die man in amerikanischen Kleinstädten spürt, obwohl die äußerliche Atmosphäre der Vorderveranden, Hausgärten und Hecken sehr oft die gleiche ist. Der Unterschied liegt darin, daß man in wirklichen Städten ziemlich sicher sein kann, was für eine Sorte von Menschen sich hinter diesen numerierten Türen birgt, hier jedoch, wo alles vorübergehend, kurzlebig scheint, gibt es kein allgemeingültiges Bevölkerungsschema, und nichts ist geplant – diese Straße, jenes Haus: Zufallspilze, und ein Riß in der Mauer, der anderswo reizvoll sein könnte, schlägt nur einen Mißton an, Untergang kündend.

Kürzlich prüfte hier eine Lehrerin den Wortschatz, indem sie ihren Schülern aufgab, den Gegenbegriff zu *Jugend* zu nennen. Mehr als die Hälfte der Klasse schrieb *Tod*.

Kein schickes Hollywoodheim wird für völlig installiert gehalten ohne einen ganzen Schwung moderner Meister zur Aufhellung der Wände. Ein Regisseur hat schon so etwas wie eine kleine Galerie; er spricht von Bildern nur als gute Kapitalsanlage. Seine Frau ist weniger bescheiden: »Natürlich verstehen wir was von Kunst. Schließlich sind wir in Griechenland gewesen, nicht? Kalifornien ist auch so wie Griechenland. Genau so. Sie würden sich wundern. Gehen Sie doch mal rüber zu ihm und unterhalten Sie sich mit meinem Mann über Picasso, da kann er Ihnen richtig Bescheid sagen.«

An dem Tag, als ich mir ihre berühmte Sammlung ansah, hatte ich ein Bild bei mir, das ich zum Einrahmen bringen wollte, eine kleine farbige Klee-Lithographie: »Nett«, meinte die Regisseursgattin vorsichtig, »selbergemalt?«

Auf einen Bus wartend, lief ich P. in die Arme, für die ich ziemliche Bewunderung empfinde. Sie hat jene Art von Witz, der jede Bosheit ausschließt, und – was noch ungewöhnlicher ist – hat dreißig Jahre in Hollywood mit Humor und Würde zu leben verstanden. Natürlich ist sie nicht besonders reich. Zur Zeit wohnt sie über einer Garage. Es ist interessant, weil sie nach hiesigen Begriffen erfolglos war, was – obendrein mit zunehmendem Alter – unverzeihlich ist, dennoch wird ihr vom Erfolg gehuldigt, und ihre sonntäglichen Kaffee-Sitzungen sind recht glanzvoll besucht, weil sie da über der Garage versteht, ein flüchtiges Gefühl der Sicherheit zu geben und allen die Empfindung, Wurzeln zu haben. Zudem ist sie ein unerschöpfliches Album, die Zeiten verschieben sich in ihrer Unterhaltung, entgleiten, bis – während sie einen mit ihren kornblumenblauen Augen fest anschaut – Valentino, leicht deinen Arm streifend vorübergeht, die junge Garbo am Fenster lehnt, John Gilbert auf dem Rasen erscheint, da steht wie eine Statue im Dämmer, und Fairbanks der Ältere die Einfahrt heraufgedonnert kommt, zwei bellende Bulldoggen neben sich auf dem Lakaiensitz.

P. erbot sich, mich heimzubringen. Wir fuhren über Santa Monica, damit sie ein Geschenk bei A. vorbeibringen konnte, dieser übernervösen traurigen Frau, die einmal, nach dem Abgang ihres dritten Mannes, einen Oscar ins Meer warf.

Das, was mich am meisten bei A. beschäftigte, war die Art, wie sie ihr Make-up auftrug – eine derart brutal sachliche Verrichtung – kalten Blickes, berechnend, handhabt sie ihre Schminken und Puder allesamt, als gehöre das Gesicht jemand anderem, mit welcher Methode ihr gelingt, wegzubringen, was immer die Jahre ihr geschenkt haben.

Als wir fortgingen, kam das Mädchen heraus, um zu sagen, daß A.s Vater uns gern noch sehen wolle. Wir fanden ihn in einem Garten zum Meer zu – ein gichtiger, phlegmatischer alter Mann mit bläulichweißem Haar und einer Haut, brauner als Jod, so saß er zusammengesunken in einem Flecken Sonne, mit geschlossenen Augen, kein Laut, der ihn störte, nur der einschläfernde Wellenschlag und das duselnde Summen der Bienen. Alte Leute lieben Kalifornien: sie schließen ihre Augen, und das Säuseln des Windes durch die winterlichen Blumen sagt Schlafe, das Meer sagt Schlafe – es ist eine Vorschau des Himmels. Vom Anbruch des Tages bis zur Dunkelheit folgt A.s Vater der Sonne durch seinen Garten, und an regnerischen Tagen vertreibt er sich die Zeit damit, Armbänder aus Bierflaschenkapseln zu machen. Er gab jedem von uns eins dieser Armbänder und sagte mit einer Stimme, die kaum die honigsüße, leichtbewegte Luft durchdrang: »Fröhliche Weihnachten, Kinder.«

Haiti

Vom Anblick her ist Hippolyt wohl ein häßlicher Mensch: affendürr, hohlwangig, recht dunkelgetönt, blickt er (durch silbrige Lehrerinnenbrille), lauscht, mit der beständigsten, liebenswürdigsten Sorgfalt, wobei seine Augen ein subtiles und tiefgehendes Verständnis zurückwerfen. Man empfindet bei ihm eine gewisse Sicherheit, es ist zwischen einem jener allzu seltene Zustand geschaffen: man hat kein Gefühl der Isolation.

Diesen Morgen hörte ich, daß im Laufe der Nacht seine Tochter gestorben ist, eine Tochter von acht Monaten; es sind mehr Kinder da, er ist mehrmals verheiratet gewesen, fünf- oder sechsmal; dennoch: wie schwer muß es sein, denn er ist nicht mehr jung. Niemand hat mir etwas gesagt, ich möchte wissen, ob es eine Totenfeier gibt; in Haiti sind sie überspannt, diese Totenfeiern, und voll von übertriebenen Zeremonien: die Trauernden – zum großen Teil Fremde – krallen die Luft, schlagen trommelnd den Boden mit ihren Köpfen, stöhnen dumpf im Chor wie ein Hundeheulen; bei Nacht vernommen oder plötzlich auf einer Landstraße erblickt, wirkt dies so fremdartig, daß man im Innersten erbebt, und dann erkennt man, daß dies im Grunde Gebärdenspieler sind.

Weil er der populärste primitive Maler Haitis ist, könnte sich Hippolyt ein Haus mit fließendem Wasser, richtigen Betten und elektrischem Licht leisten; tatsächlich aber lebt er mit Lampe und Kerze, und alle die Nachbarn – alte, verhutzelte, kokosnußköpfige Damen und gutaussehende Schiffer und verkrümmte Sandalenmacher – können in seine Angelegenheiten hineinsehen, wie er in die ihren; vor einiger Zeit unternahm es einmal ein Freund eigenmächtig, Hippolyt ein anderes Haus zu mieten, so etwas wie einen wohlgegründeten Wohnsitz mit festem Boden und Wänden, hinter denen man sich bergen konnte, doch war er natürlich nicht glücklich darin, er hat weder Verschwiegenheit nötig, noch Komfort. Und dies ist der Grund, weshalb ich Hippolyt so wunderbar finde, denn nichts an seiner Kunst ist raffiniert verstellt, er nimmt, was in ihm selber lebt, und das ist die Geistesgeschichte seines Heimatlandes, dessen Gesänge und Kulturbegriffe.

Ins Auge fallend aufgestellt ist in dem Raum, darin er malt, eine riesige trompetenförmige Muschel; rosig und vollendet schön gewunden, gleicht sie irgendeiner Meeresblume, einer Unterwasser-Rose, und wenn man hineinbläst, tönt aus ihr ein heiserer und verlorener Klagelaut, wie ein Windheulen: es ist ein Zauberhorn für Seeleute, das den Wind herbeiruft, und Hippolyt, der eine Reise um die Welt an Bord seines eigenen Schiffes mit roten Segeln plant, übt regelmäßig darauf. Einen Großteil seiner

Energie und all sein Geld verschlingt der Bau dieses Schiffes; es ist etwas an seiner Hingegebenheit, das man häufig bei denen beobachtet, die das Planen ihres eigenen Leichenbegängnisses in die Hand nehmen, den Bau ihrer eigenen Grabstätte: – hat er erst einmal Segel gesetzt und ist der Sicht entschwunden, frage ich mich, ob ihn wohl irgend jemand je wieder erblicken wird.

Von der Terrasse, wo ich des Morgens lesend oder schreibend sitze, kann ich die Berge immer blauverschwimmender zur Bucht hinunter entgleiten sehen, dort unten liegt das ganze Port-au-Prince, eine Stadt, deren Farben durch Jahrhunderte voll Sonne zu abblätternden historischen Pastellen verblaßt sind: himmelgraue Kathedrale, hyazinthener Brunnen, grünrostiges Gitter. Zur Linken, und wie eine Stadt innerhalb der anderen, liegt ein großer kreidiger Park aus barockem Gestein: das ist der Friedhof, hier ist es, wohin man, mitten unter geschmackloses Metallglitzern und Denkmäler wie Vogelkäfige, seine Tochter bringen wird: man wird sie den Berg hinaufbringen, ein Dutzend von ihnen, schwarzgekleidet und mit Strohhüten, die Luft schwer von Wickenduft.

1. Sag mir, warum gibt es hier so viele Hunde? Wem gehören sie, und wozu sind sie da? Räudig, mit verletztem Blick, tappen sie in kleinen Rudeln durch die Straßen wie verfolgte Christen, harmlos genug all

das bei Tage, doch kommt die Nacht, wie überschlagen sich da ihr Geltungsbedürfnis und ihre Stimmen! Erst einer, ein anderer, dann alle, stundenlang kann man ihre aufgebrachten, erbitterten, mondbeschwörenden Tiraden hören. S. sagt, es sei wie ein umgekehrter Wecker, denn sobald die Hunde anfangen – und das wahrhaftig noch früh am Tage –, ist es an der Zeit, ins Bett zu gehen. Man kann das auch gut und gern; die Stadt hat bis um zehn die Läden dichtgemacht, das heißt ausgenommen an Rahrah-Wochenenden, wenn Trommeln und Betrunkene die Hunde übertönen. Abcr gern höre ich eine Morgenvielzahl von Hahnenschreien; sie bringen einen unerwarteten Glücksregen des Widerhalls zum Erklingen. Andererseits, was ist irritierender als der Krach von Autohupen? Haitaner, die Wagen besitzen, scheint das Drücken auf die Hupe zu beseligen; man hat diese Betätigung langsam im Verdacht, politische und/oder sexuelle Bedeutung zu haben.

2. Wenn es möglich wäre, würde ich hier gern einen Film drehen; außer gelegentlicher Musik würde er stumm sein, einzig eine Kamera als geistvoller Rahmen für Architektur, Gegenstände. Da ist ein fliegender Drachen, auf dem Drachen ist ein gezeichnetes Auge, jetzt löst sich das Auge und weht im Wind, es stößt gegen einen Zaun, und wir, das Auge, die Kamera, sehen ein Haus (wie das von M. Rigaud). Das ist ein hohes, zerbrechliches, ein wenig absurdes

Gebäude, keiner bestimmten Stilperiode zuzurechnen, sondern allem Anschein nach eher unzähligen Kreuzungen entstammend: dem französischen Einfluß und England im düsterstrengen viktorianischen Gewand; etwas Orientalisches hat es auch, Andeutungen, die an gefältelte Papierlaternen denken lassen. Es ist ein holzgeschnitztes Haus, seine Erker, Türmchen, Säulenvorbauten sind zierlich besetzt mit Engelsköpfen, Schneekristallornamenten, Valentinstag-Herzen: während die Kamera sie einzeln nachzeichnet, hören wir eine peinigende musikalische Untermalung rhythmisch klopfender Bambusstäbe. Urplötzlich ein Fenster; der zuckerweiße Baiserschaum eines Vorhangs, und eine runde Augenmasse und dann ein Gesicht, eine Frau wie eine altmodische gepreßte Blüte, Jettschmuck um die Kehle und Jettkämme in ihrem Haar; wir gehen durch sie hindurch und in den Raum, zwei grüne Chamäleons flitzen über den Spiegel der Chiffonniere, in dem ihr Abbild schimmert. Wie Dissonantklänge auf dem Klavier, so bewegt sich die Kamera mit schnellen, harten Anschlägen, und wir werden der Vorgänge gewahr, die unsern Augen nie auffallen: das Fallen eines Rosenblattes, das Schiefrutschen eines Bildes. Jetzt also haben wir angefangen.

3. Vergleichsweise wenig Touristen kommen nach Haiti, und eine erhebliche Zahl derer, die es tun, vor allem die amerikanischen Durchschnittsehepaare,

sitzen in ihren Hotels herum, in erhabener Übellaunigkeit. Das ist bedauerlich, denn von allen westindischen Inseln ist Haiti durchaus die interessanteste; immerhin, wenn man die sachlichen Ziele dieser Ferienreisenden in Betracht zieht, ist ihre Haltung nicht unbegründet: der nächste Strand liegt drei Fahrstunden entfernt, das Nachtleben ist unerheblich, es gibt kein Restaurant, dessen Menü etwas Besonderes böte. Neben den Hotels gibt es nur wenige Lokale, wohin man noch spät am Abend auf einen Rumsoda gehen kann; zu den annehmbaren von ihnen gehören die Freudenhäuser, die entlang der Bizonton-Road ins Laubwerk zurückgesetzt liegen. All diese Häuser haben Namen, recht prahlerische, wie beispielsweise *Das Paradies*. Und sie sind kompromißlos anständig, vollendete Salonmanieren werden gewahrt: die Mädchen, von denen die meisten aus der Dominikanischen Republik stammen, sitzen auf der Vorderveranda und schaukeln sich in Schaukelstühlen, fächeln sich mit Postkartenbildchen von Jesus und machen auf eine sanft plaudernde und lachende Weise Konversation; es ist wie irgendeine sommerliche Szene in Amerika. Bier, nicht Whisky oder gar Champagner, wird als *de rigueur* angesehen, und wenn man Eindruck zu machen wünscht, so ist dies als Getränk zu bestellen. Ich kenne ein Mädchen, das dreißig Flaschen hinuntergießen kann; sie ist älter als die andern, trägt einen lavendelfarbenen Lippenstift, hat Rumbahüften und eine Natternzunge, was alles zusammen sie zu einer wahrhaft populären Dame macht, obgleich sie selbst sagt, sie werde sich nicht als Erfolg empfinden, ehe sie sich's nicht leisten könne, jeden einzelnen Zahn in ihrem Haupt in pures Gold umwandeln zu lassen.

4. Die Regierung Estimé hat ein Gesetz erlassen, wonach das Umhergehen auf der Straße *sans* Schuhe verboten ist: das ist eine harte, unökonomische Verordnung, und eine unbequeme noch dazu, vor allem für die Bauern, die ihre Erzeugnisse zu Fuß zum Markt bringen müssen. Allein die Regierung, neuerdings sehr bemüht, das Land mehr zum Anziehungspunkt für Touristen zu machen, hat das Gefühl, daß schuhlose Haitianer dies mögliche Geschäft drücken könnten, daß die Armut des Volkes nicht so offenkundig sein sollte. Indessen sind die Haitianer ganz allgemein arm, doch ist um diese Armut nichts von jener bösartigen und erbärmlichen Atmosphäre, die jene Art von Armut umgibt, die ein Aufrechterhalten äußeren Scheins verlangt. Es macht mich immer ganz elend, wenn sich irgendeine gebräuchliche Redensart als wahr erweist; jedoch ist es, glaube ich, Tatsache, daß die freigebigsten unter uns jene sind, die am wenigsten zum Freigebigsein besitzen. Fast jeder Haitianer, der zu einem kommt, wird seinen Besuch damit abschließen, einem ein kleines, gewöhnlich seltsames Geschenk zu überreichen: eine Büchse Sardinen, eine Rolle Garn; aber diese Ga-

ben werden mit solcher Würde und Herzlichkeit dargeboten, daß ach! die Sardinen Perlen verschluckt haben, das Garn reines Silber ist.

5. Dies ist eine Geschichte von R. Vor ein paar Tagen ging er aufs Land hinaus, um zu malen; plötzlich, am Fuß eines Berges angelangt, sah er ein hochgewachsenes, schlitzäugiges, zerlumptes Mädchen. Sie war an den Stamm eines Baumes gebunden, Draht und Stricke fesselten sie daran. Anfangs, weil sie ihn anlachte, hielt er es für einen Scherz, doch als er sie loszumachen versuchte, erschienen mehrere Kinder und begannen mit Stöcken auf ihn einzustechen; er fragte sie, warum das Mädchen an den Baum gebunden sei, doch sie kicherten nur und schrien und wollten ihm keine Antwort geben. Kurz darauf trat ein alter Mann herzu, er trug einen wassergefüllten Kürbis. Als R. ihn wegen des Mädchens fragte, sagte der Alte, die Augen von Tränen getrübt: »Sie ist schlecht, Monsieur, es nützt nichts, sie ist so schlecht«, und schüttelte seinen Kopf. R. begann den Berg wieder hinaufzusteigen; dann sah er, sich umwendend, wie der alte Mann ihr aus dem Kürbis zu trinken gab, und als sie einen letzten Schluck tat, spie sie ihm ins Gesicht; mit einer milden Langmut wischte sich der Alte ab und schritt von dannen.

6. Ich mag Estelle und muß sagen, ich bin dahingekommen, weniger für S. übrigzuhaben, weil er das

nicht tut: es ist keine Sorte Intoleranz so ärgerlich wie jene, die darin gipfelt, Eigenschaften zu verdammen, die man selbst besitzt: nach Meinung von S. ist Estelle wollüstig, gewöhnlich und eine Angeberin; S. freilich ist, mit Ausnahme der erstgenannten, selber nicht ohne diese Anlagen. Jedenfalls beweist es einen feineren Charakter, unbewußt gewöhnlich als bewußt tugendhaft zu sein. Aber natürlich ist S. sehr intim mit der amerikanischen Kolonie hier, und deren Ansichten sind, mit einigen vereinzelten Ausnahmen, oft verstaubt und immer streng. Estelle wird von keiner einzigen Gruppe nett behandelt: »Als ob das nicht verdammt egal wäre«, sagt sie. »Sieh mal, Eierkopp, du aufgewecktes Kind, mit mir ist gar nichts weiter los, als daß ich so unerhört gut aussehe, und wenn ein Mädchen so gut aussieht wie ich und sie läßt nicht jeden Lauskerl auf sich rumkrabbeln, na dann: abgemeldet, verstehste?«

Estelle ist eines der größten Mädchen, die ich je gesehen habe, mit Leichtigkeit ihre eins achtzig; ihr Gesicht ist kräftig und starkknochig, nach Art der Schweden, ihr Haar rötlich, ihre Augen katzengrün: immer ist um sie ein Hauch, der einem den Gedanken eingibt, sie sei eben in einem Wirbelsturm umhergeworfen worden. Es sind mehrere Estelles in ihr, tatsächlich. Eine davon ist die Heldin eines nicht sonderlich guten Romans: heute hier – morgen da, hallo, du Herzeleid der ganzen Welt, diese Sorte Firlefanzereien; eine andere Estelle ist eine kolossale

Gans von einem Mädchen, blindversessen auf Liebe: ständig ist sie ganz überzeugt, daß die unwahrscheinlichsten Menschen die ehrbarsten Absichten haben. Eine dritte Estelle ist nicht so sehr fragwürdig als zu Fragen anregend: wer ist Estelle? was tut sie hier? wie lange beabsichtigt sie zu bleiben? was veranlaßt sie dazu, am Morgen aufzustehen? Hier und da pflegte dieser dritte Bestandteil der vielfältigen Miss E. auf ihre »Arbeit« anzuspielen. Doch wird die Art dieser Arbeit niemals näher bezeichnet. Die meiste Zeit sitzt sie in einem Café am Champ de Mars und trinkt, zu einem Preis von zehn Cent pro Runde, Rumpunsch. Der Mixer schläft ständig, und sobald sie etwas will, stelzt sie hinüber und pufft ihn gegen den Kopf, als sei der eine reife Wassermelone. Da ist ein verrückter kleiner Hund mit Hängeohren, der ihr überall nachläuft, und gewöhnlich hat sie überdies noch irgendeinen menschlichen Kameraden bei sich. Ihr Favorit ist ein blasser steifer Mensch, der ein Bibelverkäufer sein könnte; wie das so geht, ist er ein herumreisender Schausteller, der von Insel zu Insel hopst, mit einem Koffer voll Marionetten und einem Kopf voll Unsinn. An heiteren Abenden schlägt Estelle ihr Hauptquartier an einem Tisch auf dem Bürgersteig vorm Café auf; viele der jungen Eingeborenenmädchen bringen ihre Liebesprobleme hierher an diesen Tisch: über anderer Leute Liebe ist sie ernsthaft und bekümmert. Einmal war sie auch verheiratet, wann oder mit wem, weiß ich nicht, sie ist da völlig vage, aber – und dies, obgleich sie erst fünfundzwanzig ist – es muß schon sehr lange her sein. Gestern abend kam ich an dem Café vorbei, und wie gewöhnlich saß sie an ihrem Tisch auf dem Bürgersteig. Doch war da ein Unterschied. Sie hatte Make-up aufgelegt, was sie selten tut, und trug ein schlichtes Nachmittagskleid; zwei rosa Nelken glühten in ihrem Haar, eine Art der Dekoration, deren ich sie nie für fähig gehalten hätte. Außerdem hatte ich sie nie zuvor richtig betrunken gesehen. »Eierkopp, hallo, bist du's? Jajaja«, sagte sie und tippte mir dabei gegen die Brust, »paß auf, Kind, ich werd dir jetzt'n Beweis geben, positiv, ich werd dir zeigen, daß's Tatsache is, Tatsache isses, daß wenn du jemanden liebst, der Jemand dich jede gottverfluchte Sache fressen lassen kann. Paß auf« – und sie riß eine Nelke aus ihrem Haar – »der liebt mich wahnsinnig«, sagte sie, die Blume dem kleinen Hund zuwerfend, der zu ihren Füßen hockte, »der frißt das, bloß weil ich ihm sage, er soll, un verdammt, wenn nich.«

Aber der Hund schnüffelte nur.

Die paar letzten Wochenenden hier sind den dem Karneval vorausgehenden Rahrahs gewidmet gewesen, und der Karneval, der gestern begann, dauert drei Tage. Rahrahs sind kleine Vorschauen auf den Karneval selbst; am Samstag, bald nach der Mittagsstunde, beginnen die Trommeln, einzeln zuerst, eine oben in den Bergen, eine andere näher der Stadt, hin und zurück gehen die Signale, sanft drängend, beharrlich, bis da eine durchdringende Schwingung entstanden ist, die auf der Oberfläche der Stille schimmert, sich kräuselnd wie Hitzewellen; und von hier, wo ich bin, allein in diesem arsenfarbenen Zimmer, scheint alles Geschehen ihrem Klang zu entstammen: dumdidum, da drüben, schau: Licht zittert im Wasserkrug, ein kristallenes Bläschen, in Bewegung gesetzt, rollt über den Tisch, zerplatzt am Boden, Wind, vorhangfangend, Bibelblätter umbiegend, erzählt dumdidum. Mit der Dämmerung nimmt die Insel die sich ausbreitende Gestalt eines Trommelklangs an. Kleine Banden durchziehen feiernd die Straßen, sie bestehen aus Familiengruppen oder Geheimgesellschaften, alle verschiedene Lieder singend, die ganz gleich klingen. Der Anführer jeder Schar trägt Federn im Haar, ein verrückt wattiertes Flimmergewand und jeder von ihnen eine billige dunkle Brille; während die anderen singen und mit den Füßen stampfen, dreht er sich um sich selbst, reibt seine Hüften, ruckt mit dem Kopf von der einen zur andern Seite wie ein bösartiger Papagei; alles lacht, und einige Paare fassen einander, tanzen mit zurückgeworfenen Köpfen, offenen Mundes, dumdidum, der Rhythmus schwenkt ihre Hüften herum, ihre Augen sind glänzende Monde, dumdidum.

Gestern abend nahm mich R. mitten hinein in den

Karneval. Wir wollen uns die Zeremonie eines jungen *houngan* ansehen, das heißt eines Wodu-Priesters, dieser ein außergewöhnlicher Bursche, dessen Namen ich nie gehört hatte. Sie wurde in einiger Entfernung von der Stadt abgehalten, und so mußten wir einen Autobus nehmen, einen engen Wagen, der zehn Passagiere unbequem transportieren kann; aber wir waren fast das Doppelte dieser Zahl, einige davon im Kostüm, darunter ein Zwerg, der eine Schellenkappe trug, und ein alter Mann mit einer Larve wie Rabenflügel. R. saß neben dem Alten, der an einer Stelle sagte: »Kennen Sie den Himmel? Ja, ich dachte mir das schon, aber ich war es, der ihn gemacht hat.«

Worauf R. erwiderte: »Ich nehme an, Sie haben auch den Mond gemacht?«

Der Mann nickte. »Und die Sterne, das sind meine Enkel.«

Ein lärmendes Weib schlug die Hände zusammen und verkündete, daß der alte Mann verrückt sei. »Aber liebe Dame«, entgegnete er, »wenn ich verrückt wäre, wie hätte ich dann all die herrlichen Dinge tun können?«

Es war eine langsame Fahrerei; der Autobus blieb stehen, Menschenwogen umbrandeten ihn, Gesichter, hinter Larven verborgen, baumelten im düsteren, altertümlichen Licht der Kerzenfackeln, das sie wie ein wunderlicher gelber Regen übersprühte.

Als wir beim *houngan* angelangt waren, einem

stillen Ort, über der Stadt gelegen, durchschrillt allein vom nächtlichen Lärm der Insekten, hatte die Zeremonie bereits begonnen, wenngleich der *houngan* selbst noch nicht in Erscheinung getreten war. Den Tempel, einen langen, strohgedeckten Schuppen mit Altarräumen an beiden Enden (die Türen zu diesen Räumen waren geschlossen, da hinter einer von ihnen der *houngan* seinen Auftritt abwartete), umstanden etwa hundert schweigende feierlich-ernste Haitianer. In dem offenen Gemach zwischen den beiden Räumen bewegten sich sieben oder acht barfüßige Mädchen, alle weißgekleidet und weiße Kopftücher um ihr Haar gewunden, in schlängelnden Kreisen, sich die Hüften klatschend und eine Weise singend, der zwei Trommler Echo gaben. Eine Petroleumlampe warf rauchige, horizontale Schatten der Tänzerinnen, und die Trommler, beide ganz vertieft, beide froschähnlich, waberten an den Wänden. Plötzlich verstummten die Trommeln, die Mädchen bildeten einen Gang, der zu einer Altartür führte. Es war so still, daß man beinahe die verschiedenen Arten nächtlich musizierender Insekten unterscheiden konnte. R. bat um eine Zirette, doch wollte ich ihm keine geben – wer raucht in einer Kirche? Und Wodu ist schließlich eine richtige, sehr vielfältig zusammengesetzte Religion, die indessen von der Bourgeoisie Haitis verächtlich angesehen wird, die, wenn überhaupt etwas, dann katholisch ist, und daher kommt es, daß – als Ausgleich möchte man meinen – so viel Katholizismus in den Wodu eingesickert ist: ein Bild der Jungfrau Maria beispielsweise und ein Abbild des Jesuskindes, das zuweilen durch eine selbstgefertigte Puppe dargestellt ist, wird man den Altar nahezu eines jeden *houngan* schmücken sehen. Und die Grundfunktionen des Wodu scheinen mir nicht so fundamental verschieden von denen anderer Religionen: Anflehen bestimmter Gottheiten, Symbole, die Bedrängnisse des Bösen beschwichtigen, der Mensch ist schwach, doch Gott schützt ihn, es gibt allerwege Magie, sie gehört den Göttern, die können das Weib eines Mannes schwanger werden lassen oder zulassen, daß die Sonne seine Ernte verbrennt, ihm den Atem aus dem Körper stehlen, doch ihn dafür mit einer Seele belohnen. Im Wodu gibt es indessen keine Grenze zwischen dem Land der Lebenden und der Toten; die Toten rufen die Toten auf und wandeln unter den Lebenden.

Nun begannen die Trommeln wieder, wobei die Stimmen der Mädchen das Intervall zwischen jedem zögernden dramatischen Schlag ausfüllten, und dann tat sich die Tür zum Altar auf: drei Knaben traten heraus, jeder eine Schale mit einem andersartigen Inhalt tragend – Asche, Maismehl, schwarzes Pulver –, und Kerzen, wie für einen Geburtstagskuchen, brannten in der Mitte dieser Masse; die Schalen auf einem gerundeten Stein vorsichtig abstellend, knieten die Knaben mit dem Gesicht zur Tür. Die Trommeln wurden leiser, es begann ein aufreizendes rhythmisches Rasseln, das von einem ausgehöhlten, getrocknete Schlangenwirbel enthaltenden Kürbis herrührte, und geschwind wie ein Geist, der sich unerwartet materialisiert hat, glitt der *houngan* flüchtig wie ein Vogel durch die Mädchenkolonne und rund um den Raum, wobei seine Füße, Silberreifen klingelnd um die Knöchel, den Boden überhaupt nicht mehr zu berühren schienen und seine losen seidenen Scharlachgewänder wie Flügel raschelten. Ein Kopfputz aus rotem Samt war um sein Haupt geschlungen, eine Perle schimmerte in seinem Ohr. Hin und wieder verhielt er, wie ein Kolibri, und umfaßte die Hände eines Andächtigen; er nahm auch die meinen, und ich blickte ihm ins Gesicht, ein erstaunliches Hermaphroditengesicht, wahrhaft schön, eine verwirrende Verbindung von bläulichschwarzer Haut und kaukasischen Zügen, er kann nicht mehr als zwanzig gewesen sein, dennoch war an ihm etwas unerklärlich alt, wie schlafend, unter einem Baum.

Endlich, eine Handvoll Maismehl und Asche nehmend, begann er ein *verver* auf den Boden zu zeichnen; es gibt im Wodu Hunderte von *ververs*, was schwierige, ein wenig surrealistische Zeichnungen sind, bei denen jede Einzelheit verborgene Bedeutung hat, und sie auszuführen erfordert nicht allein ein derart geschultes Gedächtnis, wie es ein Pianist braucht, der, sagen wir, ein ganzes Bach-Programm spielen würde, sondern überdies ungewöhnlich gewandte Technik, Kunstfertigkeit. Während die Trommeln explodierend schnell wurden, bückte er sich hier- und dorthin, ganz in seine Kunst vertieft, wie eine rote Spinne, die statt des Seidenfadens ein grausames Aschennetz mit Kronen, Kreuz- und Querstrichen, Schlangen, phallischen Formen, Augen, Fischschwänzen ausspeit. Dann – als der *verver* vollendet war – ging er zurück in den Altarraum und erschien wieder, nun in Grün, in den Händen eine große Eisenkugel. Während er dastand, fing der Ball Feuer, heiliges Blau umhüllte ihn wie die Lufthüllen der Erde; ihn noch immer haltend, fiel er auf die Knie, kroch am Boden, während Gesänge und Zurufe ihn priesen, und als die Flammen erloschen, erhob er sich, seine unverbrannten Handflächen emporstreckend. Ein Zittern erfaßte seinen Körper, als sei ein unbekannter Wind hindurchgegangen, die Augen rollten ihm im Schädel, der Geist (Gott und Dämon) sprang auf wie Samen und blühte auf in seinem Fleisch: geschlechtslos, unbestimmbar, nahm er in seine Arme Mann und Weib, wer auch immer sein Partner war, sie wirbelten über die Augen und Schlangen des *verver*, auf geheimnisvolle Weise sie nie völlig zerstörend, und wenn er zu einem anderen Partner wechselte, schleuderte sich der Fortgeworfene gleichsam ins Unbegrenzte, zerriß sich die Brust, schrie gellend. Und der junge *houngan*, schweißglänzend, sein Perlenohrring lose baumelnd, raste krachend gegen die weitestentfernte ungeöffnete Tür; singend, schluchzend, hämmerte er mit den Händen dagegen, bis sie blutige Abdrücke hinterließen; es war, als sei er eine Motte, die Tür der Riesenglanz einer elektrischen Birne, denn hinter diesem Hindernis, unmittelbar dahinter, da war die Magie: das Geheimnis der Wahrheit, reiner Friede. Und wenn die Tür aufgegangen wäre, was sie nie tun wird, würde er es dann gefunden haben, dies Unerreichbare? Daß er dies glaubte, ist alles, worauf es ankommt.

Nach Europa

Stand man ganz reglos, so konnte man eine Harfe hören. Wir kletterten auf die Mauer, und da, unter den leuchtenden regennassen Blumen des Schloßgartens, saßen vier geheimnisvolle Gestalten – ein junger Mann, der die Saiten einer Harfe zupfte, und drei verkümmerte alte Männer, deren Kleidung aus schwarzen Flicken bestand: wie dunkel sie sich vor dem sturmgrünen Himmel abhoben. Sie aßen Feigen, die saftig-feuchten italienischen Feigen, und der Saft tropfte von ihren Lippen. Der Garten grenzte hart an den marmorweißen Strand des Gardasees, dessen Wellen sich im Wind aufkräuselten, und in diesem Augenblick fühlte ich, daß ich mich immer davor fürchten würde, dort zu schwimmen, weil sich in den Tiefen dieses so unwahrscheinlich durchsichtigen Wassers wüste Geschöpfe bewegen müssen, wie Verzerrungen hinter der Schönheit von Waldglasfenstern. Einer der alten Männer schleuderte eine Feigenschale zu weit hinaus, und ein Trio aufgestörter Schwäne rauschte durch das schilfbestandene Wasser. D. sprang von der Mauer herab und winkte mir, ihm zu folgen; doch ich konnte es nicht, nicht in diesem Augenblick: denn plötzlich wurde es wahr, und ich wollte diese Wahrheit noch ein wenig verlängern – niemals wieder würde ich sie so unbedingt spüren, schon die Bewegung eines Blattes mußte sie zerstören, genauso wie ein Husten für immer Tourels hohen Ton verderben mußte. Und was für eine Wahrheit war es? Nichts anderes als die Wahrheit der Rechtfertigung: ein Schloß, Schwäne und ein Knabe mit einer Harfe, die ganze Welt eines Kindermärchenbuches – ehe der Prinz auftritt oder die Hexe ihren Zauber darüberwirft.

Ich hatte recht daran getan, nach Europa zu gehn, und wenn es nur deshalb gewesen wäre, um wieder voller Verwunderung sein zu können. Es ist sehr schwer, Verwunderung zu empfinden, wenn man einmal ein gewisses Alter überschritten und gewisse Erfahrungen gemacht hat; am besten versteht man es als Kind; später dann wird man, wenn man Glück hat, eine Brücke finden, die einen in die Kindheit zurückführt. Und nach Europa zu gehen kam dem gleich. Es war die Brücke zur Kindheit, und sie führte mich übers Meer und durch die Wälder geradewegs in die frühesten Landschaften meiner Phantasie. Auf die eine oder andere Weise war ich ein gutes Stück herumgekommen, von Mexiko bis nach Maine – und dann zu denken, daß ich bis nach Europa reisen mußte, um heimzufinden in meine Vaterstadt, zum heimischen Herd, wo Geschichten und Legenden stets jenseits unserer Stadtgrenzen lebendig zu sein schienen. Und dort waren die Legenden: in der Harfe, im Schloß, im Rauschen der Schwäne.

Eine ziemlich wilde Autobusfahrt hatte uns an jenem Tage von Venedig nach Sirmione gebracht, diesem zauberhaften kleinen Städtchen an der Spitze einer Halbinsel, die in den Gardasee vorspringt, in diesen blauesten, traurigsten, ruhigsten, schönsten See Italiens. Ich bezweifle, daß wir ohne das widerwärtige Zwischenspiel mit Lucia Venedig überhaupt verlassen hätten. Ich war restlos glücklich dort, abgesehen natürlich davon, daß es unglaublich laut ist; nicht der gewöhnliche Großstadtlärm, sondern das unaufhörliche Widerstreiten menschlicher Stimmen, gleitender Ruder, hastender Füße. Oscar Wilde hatte man einst vorgeschlagen, sich dorthin vor der Welt zurückzuziehen. »Um ein Denkmal für Touristen zu werden?« war seine Gegenfrage.

Dennoch war es ein ausgezeichneter Ratschlag, und mancher andere hat ihn befolgt: in den Palazzi längs des Canale Grande leben ganze Kolonien von Menschen, die sich seit Jahrzehnten nicht in der Öffentlichkeit gezeigt haben. Die faszinierendste Gestalt unter ihnen war eine schwedische Gräfin, deren Dienerschaft in einer schwarzen, mit Silberglöckchen geschmückten Gondel ausfuhr, das Obst für sie einzukaufen; das Geläut dieser Glöckchen war eine sphärische und zugleich unheimliche Musik. Lucia aber verfolgte uns in einer Weise, die uns zur Flucht zwang. Ein kräftiges Mädchen, ungewöhnlich groß für eine Italienerin und stets vom Geruch nach schlechtem Speiseöl umgeben, war sie die Anführerin einer Bande jugendlicher Gangster, heimatlos umherziehender Jugendlicher, die zur Saison nordwärts nach Venedig gewandert waren. Sie konnten bezaubernd sein, einige von ihnen, obwohl sie Zigaretten verkauften, die mehr Heu als Tabak enthielten, obwohl sie einen beim Geldwechseln betrogen. Die Geschichte mit Lucia begann eines Tages auf der Piazza di San Marco.

Sie kam auf uns zu und bat um eine Zigarette; worauf ihr D., dessen Herz nicht weiß, daß wir vom Goldstandard abgekommen sind, eine ganze Packung Chesterfield gab. Niemals wurde vollständiger von zwei Menschen Besitz ergriffen. Was zunächst durchaus angenehm war; Lucia folgte uns wie ein Schatten, wohin wir auch gingen, und ließ uns in reichem Maße die Vorteile ihrer Klugheit und Protektion zugute kommen. Doch gab es häufig Unannehmlichkeiten; so wurden wir beispielsweise aus den eleganteren Läden ihres übertriebenen Feilschens mit den Inhabern wegen immer hinausgeworfen; und überdies war sie so über alle Maßen eifersüchtig, daß es uns unmöglich wurde, mit irgend jemand sonst in Kontakt zu kommen: einmal trafen wir zufällig auf der Piazza eine harmlose und achtbare junge Dame, die im selben Wagen wie wir von Mailand gereist war. »Vorsicht!« sagte Lucia mit ihrer heiseren Stimme, »Vorsicht!« und brachte es beinahe fertig, uns einzureden, daß es sich um eine Frau mit berüchtigter Vergangenheit und schändlicher

Zukunft handle. Ein andermal gab D. einem ihrer Trabanten eine Dollar-Uhr, die der sehr bewundert hatte. Lucia war wütend; als wir sie das nächstemal sahen, trug sie die Uhr an einer Schnur um den Hals, und es hieß, der junge Mann sei über Nacht nach Triest abgereist.

Lucia hatte die Angewohnheit, zu jeder ihr genehmen Stunde in unserem Hotel aufzutauchen (wo sie wohnte, vermochten wir nicht zu erraten); kaum sechzehn Jahre alt, pflegte sie sich niederzulassen, eine ganze Flasche Strega auszutrinken, alle Zigaretten zu rauchen, deren sie habhaft werden konnte, um dann in einen erschöpften Schlaf zu fallen: nur wenn sie schlief, glich ihr Gesicht dem eines Kindes. Eines schrecklichen Tages aber hielt sie der Hotelgeschäftsführer in der Halle an und erklärte ihr, daß sie uns nicht länger auf unseren Zimmern besuchen könne. Es sei dies, sagte er, ein untragbarer Skandal. Woraufhin Lucia ein Dutzend ihrer brutalen Gefährten zusammentrommelte und eine derartige Belagerung über das Hotel verhängte, daß man die Eisengitter vor den Türen herunterlassen und die Polizei herbeirufen mußte. Von da an taten wir unser Möglichstes, sie zu meiden.

In Venedig jemandem auszuweichen aber ist ungefähr dasselbe wie Versteckspielen in einer Einzimmerwohnung, denn es gibt und gab keine Stadt, die auf engerem Raum zusammengedrängt wäre. Es gleicht einem Museum mit karnevalistischen Obertönen, einem riesigen Palast ohne Türen, in dem alles miteinander verbunden ist, eines ins andere führt. Immer aufs neue kehren dieselben Gesichter im Verlauf eines Tages wieder, so wie Präpositionen in einem langen Satzgebilde: um eine Ecke gebogen, und da war Lucia, die Dollar-Uhr baumelte zwischen ihren Brüsten. Sie war sehr verliebt in D. Bald aber wandte sie sich gegen uns mit jener Intensität, die den Gekränkten eigen ist; vielleicht verdienten wir es, aber es war unerträglich: wie ein Mückenschwarm folgte uns ihre Bande über die Piazza, Beschimpfungen hervorsprudelnd; setzten wir uns zu einem Drink nieder, versammelten sie sich im Dunkeln jenseits des Tisches und riefen zügellose Witze herüber. Wir verstanden nur die Hälfte von dem, was sie sagten, obwohl offensichtlich alle Welt sonst es begriff. Lucia selbst beteiligte sich nicht offenkundig an dieser Verfolgung; sie hielt sich abseits und lenkte ihre Operationen aus der Ferne. Schließlich also beschlossen wir, Venedig zu verlassen. Lucia wußte darum – sie hatte ihre Spione überall. Am Morgen unserer Abreise regnete es; gerade als unsere Gondel ins Wasser glitt, erschien ein kleiner Junge mit irrem Blick und warf uns ein in Zeitungspapier gewickeltes Bündel zu. D. löste die Umhüllung. Eine tote gelbe Katze kam zum Vorschein; um ihren Hals trug sie die Dollar-Uhr. Es verursachte uns ein Gefühl endlosen Fallens. Und dann plötzlich sahen wir sie, Lucia; sie stand allein auf einer der kleinen Kanalbrücken, und sie beugte sich so weit über das Geländer, daß es aussah, als werde sie gleich herunterfallen. *»Perdonami«*, rief sie, *»ma t'amo«* (verzeih mir, aber ich liebe dich).

In London sagte ein junger Künstler zu mir: »Wie wundervoll muß es für einen Amerikaner sein, zum erstenmal in Europa zu reisen: Sie werden niemals ein Teil davon sein, also ist keine seiner Qualen die Ihre, Sie werden sie niemals zu ertragen haben; ja, für Sie gibt es nur die Schönheit.«

Ich verstand nicht, was er meinte, und ärgerte mich; später jedoch, nachdem ich ein paar Monate in Frankreich und Italien verbracht hatte, erkannte ich, daß er recht hatte: Ich war kein Teil Europas, würde es nie sein. Gesichert, konnte ich abreisen, wann immer ich wollte, und für mich gab es dort einzig das honigsüße, geheiligte Lied der Schönheit. Doch es war nicht so wundervoll, wie der junge Mann gemeint hatte; es war ein verzweifeltes Gefühl, zu spüren, daß man niemals ein Teil so ergreifender Augenblicke sein konnte, daß man für alle Zeit von dieser Landschaft und diesen Menschen isoliert bleiben würde; und dann wurde mir nach und nach bewußt, daß ich gar kein Teil von ihm zu sein brauchte: daß vielmehr es ein Teil von mir sein konnte. Der unvermutete Garten, ein Opernabend, wilde Kinder, die Blumen abreißen und eine dunkelnde Straße entlangrennen, ein Kranz für die Toten und Nonnen im Mittagslicht, Musik von der Piazza, ein Pariser Pianola und das Feuerwerk von La Grande Nuit, die herzbewegende Überraschung von Bergpanoramen und Wasserausblicken (Seen wie grüner Wein im Kelch von Vulkanen, das Flimmern des Mittelmeers am Fuße der Klippen), verlassene, abgelegene Türme, die im Zwielicht verschwimmen, und Kerzen, die den juwelengeschmückten Leichnam von St. Zeno in Verona entflammen – all dies ein Teil von mir, Elemente, auf die sich meine eigenste Anschauung gründet.

Als wir Sirmione verließen, kehrte D. nach Rom zurück, und ich fuhr nach Paris. Es war eine seltsame Reise. Um von vorn zu beginnen: ich hatte durch einen schwindlerischen italienischen Fahrkartenvermittler einen Schlafwagenplatz für den Orientexpreß belegt; als ich in Mailand ankam, entdeckte ich jedoch, daß das ganze Arrangement nur vorgetäuscht und kein Platz für mich reserviert war; tatsächlich bezweifle ich, daß ich überhaupt mitgekommen wäre, wenn ich mich nicht entschlossen hätte, einigen Leuten auf die Hühneraugen zu treten, denn der Zug war gerappelt voll mit Ferienreisenden. Unter diesen Umständen gelang es mir, mich zusammen mit sechs anderen Passagieren in ein stickiges, von der Augusthitze erfülltes Abteil zu quetschen. Der Name Orientexpreß erweckte in meinen Adern die prickelndsten Erwartungen: man denke an die außergewöhnlichen Vorfälle, die sich in jenem Zug ereigneten, zumindest wenn man Agatha Christie oder Graham Greene Glauben schenken darf. Dennoch war ich gänzlich unvorbereitet für das, was sich wirklich ereignete.

Im Abteil waren zwei langweilige Schweizer Geschäftsleute, ein etwas exotischer Kaufmann aus Istanbul, eine amerikanische Lehrerin, und zwei elegante Italienerinnen mit schneeweißem Haar, hochmütigen Augen und Gesichtszügen so zart wie Fischknochen. Sie waren wie Zwillinge gekleidet, diese Damen; fließende schwarze Gewänder und ein Hauch von Spitze, am Hals gerafft von perlenbesetztem Amethyst. Sie hielten die behandschuhten Hände gefaltet und sprachen kein Wort, außer wenn sie sich gegenseitig eine luxuriöse Pralinenpackung reichten. Ihr einziges Gepäckstück war offensichtlich ein riesiger Vogelkäfig; darinnen sah man, obwohl er teilweise mit einem Seidenschal bedeckt war, einen betagten grünen Papagei herumflattern. Hin und wieder brach der Papagei in ein lautes, irrsinniges Gelächter aus; sooft dies geschah, lächelten die beiden Damen einander zu. Die amerikanische Lehrerin erkundigte sich, ob der Papagei sprechen könne, und eine der Damen antwortete mit der flüchtigen Andeutung eines Nickens, ja, mit seiner Grammatik allerdings sei es nicht weit her. Als wir uns der italienisch-schweizerischen Grenze näherten, begannen Zoll- und Paßbeamte ihre lästigen kleinen Pflichten auszuüben. Wir glaubten schon, daß sie mit unserem Abteil fertig seien, doch kurz darauf kamen sie zurück, mehrere von ihnen, und blieben vor der Glastür stehen, den Blick auf die aristokratischen Damen geheftet. Es hatte den Anschein, als unterhielten sie sich lebhaft über die beiden. Jedermann im Abteil verstummte, den Papagei ausgenommen, der unirdisch lachte. Die alten Damen schenkten der Szene nicht die mindeste Beachtung. Weitere Uniformierte schlossen sich den bereits auf dem Gang Versammelten an. Schließlich wandte sich eine der beiden Damen uns übrigen zu und sagte, an ihrer Amethystbrosche herumzupfend, erst auf italienisch, dann auf deutsch und zuletzt auf englisch: »Wir haben nichts Unrechtes getan.«

In diesem Augenblick aber wurde die Tür zurückgeschoben, und zwei Beamte betraten das Abteil. Sie sahen die alten Damen nicht einmal an, sondern gingen unmittelbar auf den Vogelkäfig zu und zogen den verdeckenden Schal beiseite.

»Basta, basta«, schrie der Papagei.

Mit einem plötzlichen Ruck kam der Zug in der Dunkelheit des Gebirges zum Stehen. Die abrupte Bewegung ließ den Käfig umkippen, und der so unvermittelt befreite Papagei flog lachend von einer Wand des Abteils zur andern, während die Damen aufgeregt und selber flatternd nach ihm haschten. Die Zollbeamten begannen den Käfig auseinanderzunehmen, im Futternapf waren rund hundert

Briefchen mit Heroin, wie Kopfwehpulver verpackt, und in der Messingkugel oben auf dem Käfig waren noch mehr. Die Entdeckung schien die Damen in keiner Weise zu irritieren; sie regten sich einzig über den Verlust ihres Papageis auf. Denn der war unversehens aus dem heruntergelassenen Fenster geflogen, und die verzweifelten Damen standen da und riefen ihm nach: »Tokio, du wirst erfrieren, komm zurück, kleiner Tokio! Komm zurück!«

Er lachte irgendwo im Dunkel. Ein kalter nördlicher Mond stand am Himmel, und einen Augenblick lang sahen wir ihn flach und dunkel vor seiner strahlenden Scheibe dahinfliegen. Endlich wandten sie sich um und sahen zur Tür, in der sich jetzt die Gaffer drängten. Gelassen, verachtungsvoll schritten die Damen vorwärts, Gesichtern entgegen, die sie allem Anschein nach nicht wahrnahmen, und Stimmen, die sie gewiß niemals hörten.

Ischia

Ich weiß nicht mehr, warum wir hierherkamen: Ischia. Es wurde soviel davon geredet, obgleich es wenige wirklich gesehen zu haben schienen – es sei denn der kurze Blick übers Meer auf den gezackten blauen Schatten von den Höhen des berühmten benachbarten Capri aus. Manche rieten von Ischia ab und gaben dafür, soviel ich mich erinnere, recht gruselige Gründe: sind Sie sich auch klar darüber, daß es dort einen tätigen Vulkan gibt? Und wissen Sie das mit dem Flugzeug? Auf dem Linienflug zwischen Kairo und Rom zerschellte ein Flugzeug am Gipfel eines der Berge von Ischia; es gab drei Überlebende, die jedoch keiner mehr lebend erblickt hat, weil sie von Ziegenhirten zu Tode gesteinigt wurden, die das Wrack ausplündern wollten.

Demzufolge sahen wir die kreidige Fassade Neapels mit gemischten Gefühlen schwinden. Es war ein klassisch schöner Tag, ein wenig kühl für Süditalien im März, doch frisch und mit Auftrieb wie ein Papierdrachen, und die *Principessa* flitzte durch die Bucht wie ein übermütiger Delphin. Es ist ein kleines, hübsch aufgemachtes Schiff mit einer winzigen Bar und einer etwas ausgefallenen Klientel: Strafgefangene auf ihrem Weg zur Gefängnisinsel Procida oder, genau das Gegenteil, junge Menschen, die auf

Ischia ins Kloster eintreten wollen. Selbstverständlich gibt es auch weniger dramatische Passagiere: Inselbewohner, die in Neapel eingekauft haben, hie und da ein Fremder – merkwürdig indessen: Capri ist der Haupttouristenfang.

Inseln sind wie vor Anker liegende Schiffe. Wenn man den Fuß auf sie setzt, ist es, als betrete man eine Laufplanke – man wird vom gleichen berückenden Schwebezustand ergriffen – nichts Unfreundliches oder Gewöhnliches scheint einem geschehen zu können; und als die *Principessa* gemächlich in den buchtartigen Hafen von Porto d'Ischia glitt, schien dies, mit dem Blick auf die blassen, abblätternden Eiskremfarben der Strandfassade, so vertraut und beruhigend wie der eigene Herzschlag. Im Gedränge des An-Land-Gehens verlor und zerbrach ich meine Uhr – etwas aufgetragen symbolhaft, überdeutlich: im Augenblick war erkennbar, daß Ischia kein Ort für den eilenden Lauf der Stunden war – Inseln sind das nie. Ich nehme an, daß man Porto die Hauptstadt von Ischia nennen könnte, jedenfalls ist es die größte Stadt und sogar ziemlich elegant. Die meisten von denen, die die Insel besuchen, irren selten weit davon ab, denn es gibt dort mehrere vorzügliche Hotels, einen ausgezeichneten Strand und, wie ein Riesenhabicht über dem freien Meer hockend, das Renaissance-Schloß der Vittoria Colonna. Die drei anderen größeren Städte sind unzivilisierter. Es sind dies: Lacco Ameno, Casamicciola und, am äußersten Ende der Insel, Forio. Dort in Forio war es, wo wir uns niederzulassen beabsichtigten.

Wir fuhren durch frühes Dämmern unter einem Himmel mit den ersten Sternen dahin. Die Straße zog sich hoch über dem Meer entlang, auf dem unten die Fischerboote, von Fackeln erhellt, wie glitzernde Wasserspinnen herumkrochen. Pelzige kleine Fledermäuse durchschwirrten die Dämmerung; *buena sera, buena sera*, riefen undeutliche Abendstimmen am Weg entlang, und Herden von Ziegen, die bergauf trotteten, blökten wie verstopfte Flöten. Der Wagen rollte über einen Dorfplatz – es gab kein elektrisches Licht, und in den Cafés verräucherte das trügerische Licht von Kerzen und Petroleumlampen die Gesichter der dort versammelten Männer. Zwei Kinder jagten uns nach in das Dunkel jenseits des Dorfes. Keuchend klammerten sie sich an den Wagen, als wir, schiefliegend, den steilen Aufstieg begannen, und unser Pferd hauchte, dem Gipfel näher kommend, in der kühler gewordenen Luft einen Nebelstreif hinter sich. Der Fahrer schnalzte mit seiner Peitsche, das Pferd schwenkte um, die Kinder zeigten: schaut. Dort war es, Forio, fern, mondblaß, vom Meer umbrandet, ein leiser Vesperglockenklang wie ein Vogelschwarm daraus aufsteigend. *Multo bello?* fragte der Fahrer, *Multo bello?* fragten die Kinder.

Wenn man ein Tagebuch erneut überliest, sind es gewöhnlich die anspruchsloseren Bemerkungen, die zufälligen Randnotizen, die, wiedererblickt, sich als Furche im Gedächtnis eingraben. Zum Beispiel: »Heute hinterließ Gioconda im Zimmer ein Sortiment farbiger Papierstreifchen. Sind sie ein Geschenk? Weil ich ihr die Flasche Kölnischwasser gebracht habe? Sie werden reizende Buchzeichen abgeben.« Das weckt Widerhall. Zunächst Gioconda. Sie ist ein hübsches Mädchen, wenngleich ihre Schönheit von ihrer Laune abhängt – wenn sie mürrisch gestimmt ist, und das scheint allzuhäufig der Fall, sieht sie aus wie eine Schüssel voll kalter Haferschleim – man vergißt dann leicht die Fülle ihres Haares und die mediterranen Augen. Sie ist, weiß der Himmel, überanstrengt. Hier in der *pensione*, wo sie gleichzeitig Zimmermädchen und Serviererin ist, steht sie vor Morgengrauen auf und wird auf dem Trab gehalten, zuweilen bis zur Mitternacht. Ehrlich gestanden, kann sie von Glück sagen, die Stellung zu haben, denn Arbeit ist das Hauptproblem der Insel – die meisten Mädchen würden nichts lieber tun, als sie verdrängen. In Anbetracht dessen, daß es kein fließendes Wasser gibt (mit allem, was dies einbegreift), macht es uns Gioconda außerordentlich behaglich. Es ist die angenehmste *pensione* in Forio, zudem von anziehender Billigkeit: wir haben zwei sehr große Räume mit weitflächigen Kachelböden und hohen Holzjalousietüren auf kleine eiserne Balkone hinaus mit dem Blick übers Meer; das Essen ist gut, und es gibt beinah zuviel davon: fünf Gänge mit Wein zum Mittag- und Abendessen, alles inbegriffen kostet das jeden von uns etwa hundert Dollar im Monat. Gioconda spricht kein Englisch, und mein Italienisch ist – nun, lassen wir das. Nichtsdestoweniger sind wir innige Freunde. Mit Gebärdenspiel und übermäßigem Gebrauch eines zweisprachigen Wörterbuches gelingt es uns, einander eine erstaunliche Menge mitzuteilen – was der Grund ist, daß die Kuchen jedesmal mißlingen: an trüben Tagen, wenn nichts anderes los ist, sitzen wir in der Patio-Küche und probieren Rezepte für amerikanisches Gebäck aus (»Zollhaus, was ist?«), doch sind sie nie ein Erfolg, weil wir viel zu beschäftigt mit dem Herumblättern im Wörterbuch sind, als daß wir der Backerei sonderlich Aufmerksamkeit schenkten. Gioconda: »Letztes Jahr war in dem Zimmer, wo Sie sind, ein Mann aus Rom. Ist Rom, wie er erzählte, so wunderbar? Er sagte, ich solle kommen und ihn besuchen in Rom, und das würde ganz in Ordnung sein, denn er sei Veteran aus drei Kriegen. Erster Weltkrieg, Zweiter und Abessinien. Da können Sie sehen, wie alt er war. Nein, ich habe Rom noch nie gesehen. Ich habe Freunde, die dortgewesen sind und mir Postkarten geschickt haben. Sie kennen die Frau, die bei der *posta* arbeitet? Sie glauben doch selbstverständlich an den bösen Blick? Die hat ihn. Man weiß das, ja. Darum kommt auch nie mein Brief aus Argentinien.«

Daß sie diesen argentinischen Brief nicht bekommt, ist der wahre Grund von Giocondas Trübsal. Ein treuloser Liebhaber? Ich habe keine Ahnung; sie weigert sich, darüber zu reden. So viele junge Italiener sind nach Südamerika ausgewandert, um Arbeit zu suchen; es gibt Frauen hier, die fünf Jahre gewartet haben, ob ihnen ihre Männer die Passage herüberschicken würden. Jeden Tag, wenn ich mit der Post ankomme, stürzt mir Gioconda entgegen.

Die Post abzuholen ist eine freiwillig übernommene tägliche Pflicht. Es ist das erste Mal im Laufe des Tages, daß ich die anderen hier lebenden Amerikaner sehe – zur Zeit sind es vier, und wir treffen uns in Marias Café auf der Piazza (aus dem Tagebuch: »Wir wissen alle, daß Maria ihre Drinks verwässert. Doch verwässert sie sie mit Wasser? Gott, mir ist gräßlich!«) Wenn einen die Sonne so wärmt und Marias Bambusvorhänge im Winde klirren, gibt es keinen netteren Platz, um auf den Briefträger zu warten. Maria ist eine untersetzte Frau mit einem Zigeunergesicht und einem spöttisch achselzuckenden Wesen; wenn es hier herum irgend etwas gibt, was man haben möchte, von einem Haus bis zu amerikanischen Zigaretten, so erledigt sie das. Einige behaupten, sie sei der reichste Mensch in Forio. Niemals sind irgendwelche Frauen in ihrem Café; ich bezweifle, daß sie das gestatten würde. Steigt der Mittag höher, sammelt sich der ganze Ort auf der Piazza

– wie Schwarzdrosseln schwärmen die Schulkinder in Umhängen und Holzsandalen daher und singen in den kleinen Nebenstraßen, und Schwadronen untätiger Männer lungern, derb lachend, unter den Bäumen; Frauen, die an ihnen vorübergehen, schlagen die Augen nieder. Wenn der Postbote kommt, gibt er mir die Briefe für unsere *pensione*; dann muß ich mich den Berg hinunterbegeben, um Gioconda gegenüberzutreten. Manchmal schaut sie mich an, als sei es mein Fehler, daß der Brief niemals kommt, als sei er mein, der böse Blick. Eines Tages warnte sie mich, ja nicht mit leeren Händen heimzukommen, und so brachte ich ihr eine kleine Flasche Kölnischwasser.

Aber die kunterbunten Papierstreifchen, die ich in meinem Zimmer fand, waren nicht, wie ich vermutet hatte, ein Gegengeschenk. Es war gemeint, daß wir sie auf die Statue der Heiligen Jungfrau hinunterregnen lassen sollten, die, kürzlich erst auf der Insel eingetroffen, eine Rundreise durch fast alle Ortschaften machen würde. Den Tag, da die Madonna zu Besuch kam, war jeder Balkon mit schönen Spitzen und noch schöneren Linnen geputzt – einer alten Bettdecke, wenn die Familie nichts Besseres hatte; Blumengirlanden hingen über den gepackt vollen Straßen, alte Damen brachten ihre längsten Schals zum Vorschein, Männer bürsteten ihre Schnurrbärte, jemand steckte den Dorftrottel in ein sauberes Hemd, und die Kinder, alle weiß gekleidet, trugen Engelsflügel aus Goldpapier an die Schultern geheftet. Die Prozession sollte gegen vier Uhr das Städtchen betreten und unter unserem Balkon vorüberkommen. Von Gioconda alarmiert, waren wir rechtzeitig auf unserem Posten, bereit, die hübschen Papierchen zu werfen und, laut Anweisung: »*Viva la Vergine Immacolata*« zu rufen. Ein trübseliger Nieselregen setzte ein; um sechs wurde es dunkel, aber genau wie die die Straßen verengende Menge, die unten wartete, blieben auch wir standhaft. Mit ärgerlich gerunzelter Stirn und flatternden schwarzen Röcken donnerte ein Priester auf seinem Motorrad davon – man hatte ihn abgeschickt, um die Prozession zur Eile anzutreiben. Dann war es Nacht, und ein Flackerpfad von Petroleum ergoß sich auf dem Wege, den die Prozession verfolgen sollte. Plötzlich, ganz unversehens, erklang das aufreizende Ratata einer Militärkapelle, und mit einem schreckenerregenden Knistern sprang der Flackerpfad zum Leben auf, als grüße er so die nahende Jungfrau. Auf einer blumenübersäten Tragbahre daherschwankend, das Gesicht von einem dunklen Schleier verhüllt, gefolgt von der halben Insel, erschien sie beladen mit goldenen und silbernen Uhren, und als sie vorüberkam – unter dem Schweigen, das ihre unmittelbare Nähe umgab –, war da einzig das bezaubernde, surrealistische Geräusch dieser Opfergaben, der Uhren – ticktick-tick. Später geriet Gioconda ganz außer sich bei der Entdeckung, daß wir noch immer die leichten Papierschnitzel umklammert hielten, die wir in unserer Aufregung zu werfen vergessen hatten.

»5. April. Ein langer und gefährlicher Spazierweg. Wir entdeckten einen neuen Strand.« Ischia ist felsig, ein starres Eiland, das an Griechenland oder an die Küste von Afrika denken läßt. Es gibt Orangenbäume, Zitronenbäume; und terrassenförmig, die Berghänge hinauf, silbergrüne Traubenhaine – der Wein von Ischia wird hoch geschätzt, und hier ist es, wo man den Lacrimae Christi keltert. Wenn man über den Ort hinauswandert, kommt man bald auf sich verzweigende Pfade, die durch Weingärten klettern, wo Bienen wie ein Schneesturm einherbrausen und Eidechsen grünlich auf den sich entfaltenden Blättern glimmen. Die Bauern sind braun und schwer wie irdenes Geschirr, und sie haben den Horizont im Blick wie Seeleute. Denn das Meer ist stets bei ihnen. Der Weg längs der See verläuft über die schroffabfallenden vulkanischen Klippen; es gibt da kritische Stellen, wo es am besten ist, einfach die Augen zu schließen – es gäbe einen tiefen Fall, und die Felsen unten sind wie schlafende Dinosaurier. Eines Tages fanden wir beim Spaziergang auf den Klippen eine Mohnblüte, dann eine zweite; sie wuchsen vereinzelt zwischen dem finsteren Gestein, wie die auf einer Gummischnur aufgereihten chinesischen Glöckchen. Plötzlich führte uns die Fährte der Mohnblumen den Pfad hinunter auf eine unbekannte und verstecktliegende Strandbucht. Sie war von Klippen umschlossen und das Wasser so klar, daß man die Seeanemonen und die Dolchstoßbewegungen der Fische beobachten konnte; unweit der Küste lagen flach hervortretende Felsen wie Schwimmflöße, und wir paddelten von einem zum andern – uns in die Sonne hinaufziehend, konnten wir zurück über die Klippen schauen und die grünen Weinterrassen und einen umwölkten Berg sehen. In einen Felsen hatte die See einen Stuhl eingeschnitten, und es war das allergrößte Vergnügen, dort zu sitzen und die Wellen herauf- und über einen hinwegstürzen zu lassen. Aber es ist nicht schwierig, in Ischia einen Privatstrand zu finden. Ich weiß allein von dreien, wo nie jemand hinkommt. Der Ortsstrand von Forio ist übersät mit Fischernetzen und umgekippten Booten. An diesem Strand war es, wo ich zum erstenmal der Mussolini-Familie begegnete. Des toten Diktators Witwe und drei ihrer Kinder leben hier in einem, wie ich vermute, stillen selbstgewählten Exil. Es ist etwas Trauriges und Teilnahme-Erregendes um sie. Die Tochter ist jung, blond, lahm und offensichtlich witzig; die ortsansässigen Jünglinge, die sich mit ihr am Strand unterhalten, scheinen ständig zu lachen. Wie irgendeine der einfachen Frauen der Insel ist Signora Mussolini oft zu sehen, wenn sie, in schäbiges Schwarz gekleidet, vom Gewicht einer Einholtasche schiefgezogen, den Berghang emporwandert. Sie ist recht ausdruckslos, doch einmal sah ich sie lächeln. Es kam da ein Mann durch das Städtchen mit einem Papagei, der gedruckte Wahrsagezettel aus einer Glasbüchse zog, und Signora Mussolini, die stehengeblieben war, um ihn zu konsultieren, las ihre Zukunft mit einem angedeuteten Da-Vinci-Kräuseln ihrer Lippen.

»5. Juni. Nach Mittag ist weiße Mitternacht.« Nun, da die Hitze da ist, sind die Nachmittage wie weiße Mitternächte: Fensterläden sind geschlossen, Schlaf schleicht durch die Straßen. Um fünf macht man dann die Läden wieder auf, im Hafen strömen eine Menge Leute zusammen, um die *Principessa* zu begrüßen, und später wird jedermann an der Piazza promenieren, wo irgendwer ein Banjo, eine Harmonika, eine Gitarre spielen wird. Jetzt aber ist Siesta, und es gibt einzig den ungetrübt blauen Himmel, das Krähen eines Hahnes. Es sind zwei Schwachsinnige im Ort, und die sind Freunde. Der eine trägt ständig einen Blumenstrauß, den er, wenn er seinen Freund trifft, in zwei gleiche Hälften teilt. In den stillen, schattenlosen Nachmittagsstunden sieht man nur sie in den Straßen. Hand in Hand, ihre Blumen tragend, schlendern sie über den Strand und die Steinmauer, die weit ins Wasser vorstößt. Von meinem Balkon aus kann ich sie dort sitzen sehen, zwischen den Fischnetzen und den leise schaukelnden Booten, ihre geschorenen Köpfe glänzen in der Sonne, ihre Augen sind farblos wie das Grenzenlose. Die weiße Mitternacht ist für sie geschaffen, dann nämlich gehört die Insel ihnen.

Wir sind mit dem Frühling gegangen. In den vier Monaten seit unserer Ankunft hier sind die Nächte wärmer geworden, die See wurde weicher, das grüne, noch winterliche Wasser des März hat sich im Juni zu Blau gewandelt, und die Rebstöcke, ehemals grau und leer an den verflochtenen Stützen, schwellen von ihren ersten grünen Traubenbüscheln. Da ist ein zartes Strichmuster aus Schmetterlingen, und auf dem Berg gibt es vielerlei Süßes für die Bienen; im Garten, nach einem Regenguß, kann man, jawohl, das ganz zarte Aufbrechen der Blütenknospen hören. Und wir wachen am Morgen früher auf, ein Anzeichen des Sommers, und bleiben abends noch spät auf, was ebenfalls ein Zeichen dafür ist. Doch fällt es eben schwer in diesen Nächten, sich zum Hineingehen zu entschließen: Der Mond zieht herauf, er blinkt auf dem Wasser mit erschreckender Helle, und am Terrassenumgang der Fischer-Kirche, der wie der Bug eines Schiffes zur See vorspringt, wandern flüsternde junge Leute hin und her, über die Piazza und in irgendein geheimes Dunkel. Gioconda sagt, es sei der längste Frühling, dessen sie sich entsinne – der längste ist der schönste.

Tanger

Tanger? Von Marseille aus braucht man mit dem Schiff zwei Tage, eine zauberhafte Fahrt längs der spanischen Küste, und ist man jemand, der vor der Polizei flieht, oder jemand, der ganz einfach flieht, so sollte man unter allen Umständen hierherkommen: von Höhenzügen umsäumt und am Meer hingelagert, gleicht diese internationale Stadt einem weißen Cape, das malerisch über die afrikanische Küste gebreitet ist; acht Monate des Jahres – von März bis Oktober ungefähr – ist das Klima ausgezeichnet. Der Strand ist herrlich, wahrhaft außerordentliche Flächen aus zuckerfeinem Sand und Brandung. Das Nachtleben, falls man sich dafür interessiert, erstreckt sich, wenngleich weder besonders unschuldig noch ausgesprochen vielfältig, vom Einbruch der Dunkelheit bis zum Morgengrauen. Und wenn man in Betracht zieht, daß die meisten Leute den ganzen Nachmittag verschlafen und nur sehr wenige vor zehn oder elf Uhr zu Abend essen, ist das nicht besonders ungewöhnlich. Aber fast alles sonst in Tanger ist ungewöhnlich, und ehe man hierherfährt, sollte man drei Dinge tun: sich gegen Typhus impfen lassen, seine Ersparnisse von der Bank abheben und sich von seinen Freunden verabschieden – denn der Himmel allein mag wissen, ob man sie jemals wiedersehen wird. Dieser Rat ist durchaus ernst gemeint, denn es ist alarmierend, wie viele Touristen, die zu einem kurzen Ferienaufenthalt gelandet sind, hier ansässig werden und die Jahre dahingehen lassen. Denn Tanger ist ein Becken, das einen festhält, ein zeitloser Ort; hier vergehen die Tage unmerklicher als der Schaum eines Wasserfalls; ich stelle mir vor, daß so die Zeit in den Klöstern dahingeht, unaufdringlich, auf leisen Sohlen; übrigens haben beide Institutionen, das Kloster und Tanger, noch einen weiteren Zug gemeinsam: das Abgeschlossensein. Beispielsweise glaubt der Durchschnittsaraber, daß Europa und Amerika ein und dasselbe sind und sich am gleichen Punkt der Erdoberfläche befinden, wo immer der sein mag – jedenfalls macht er sich keine Gedanken darüber; und es kommt des öfteren vor, daß die Europäer, fasziniert vom Klirren einer Oud und dem wimmelnden Schauspiel ringsum, sich diese Meinung zu eigen machen.

Einen großen Teil seiner Zeit verbringt man damit, auf dem *Petit Soko* herumzusitzen, einem Platz am Rande der Kasba, auf dem sich ein Café ans andere drängt. Auf den ersten Blick erscheint er als eine Miniaturausgabe der Galleria in Neapel, doch bei näherer Betrachtung gewinnt er einen so grotesk individuellen Charakter, daß man ihn billigerweise mit keinem andern Platz auf der Welt vergleichen kann. Es gibt keine Tages- und Nachtstunde, zu der

der *Petit Soko* nicht voller Menschen wäre; Broadway, Piccadilly, all diese Plätze haben ihre ruhige Zeit, der kleine Soko aber braust zu jeder Stunde. Zwanzig Schritt weiter, und das Dunkel der Kasba verschlingt dich; die Gestalten, die aus diesem Dunkel in den Leierkastentumult des Soko gleiten, vereinigen sich zu einem bunten Bild: hier ist das Tätigkeitsfeld der Prostituierten, das Hauptquartier der Rauschgifthändler, ein Zentrum der Spionage; aber es ist auch der Platz, wo schlichtere Leute ihren Abend-Apéritif trinken.

Der Soko hat seine eignen Berühmtheiten, doch es ist eine Auszeichnung auf Widerruf; praktisch jeden Augenblick kann man gestürzt und abgetan werden, denn das Soko-Auditorium, das so gut wie alles gesehn hat, ist übermäßig launisch. Gegenwärtig aber ist Estelle sein Star, ein wunderschönes Mädchen, das geht wie ein sich entrollendes Seil. Sie ist halb Chinesin, halb Negerin und arbeitet in einem Bordell, das schwarze Katze heißt. Es geht das Gerücht, daß sie früher einmal in Paris lebte, dort Modell war und mit einer Privatjacht hier ankam und natürlich auch die Absicht hatte, auf demselben Wege wieder abzufahren; es hat jedoch den Anschein, daß der Besitzer der Jacht eines schönen Morgens davonsegelte und Estelle auf dem Trocknen sitzenließ. Eine Zeitlang war dann Maumi ein heftiger Konkurrent für sie; der Soko wußte Maumis Talente als Flamenco-Tänzer wie als Unterhalter zu schätzen: wo immer er saß, ertönte lautes Gelächter. Aber ach, der arme Maumi, ein exotischer junger Mann, der die Gewohnheit hatte, sich mit einem spitzenbesetzten Fächer Kühlung zuzuwedeln, wurde schließlich eines Nachts in einer Bar erstochen und schied somit aus dem Rennen aus. Weniger feierlich proklamiert, doch für meinen Geschmack interessanter sind Lady Warbanks und ihre beiden Anhängsel, ein seltsames Trio, das jeden Morgen erscheint, um an einem der auf den Gehsteig gerückten Tische das Frühstück einzunehmen. Dies Frühstück bleibt unveränderlich das gleiche – eine Schüssel gebackener Tintenfisch und eine Flasche Pernod. Jemand, der es eigentlich wissen müßte, behauptet, daß die heute ausgesprochen deklassierte Lady Warbanks einst als die größte Schönheit Londons galt; wahrscheinlich stimmt das: ihre Züge sind feingeschnitten, und sie besitzt – ungeachtet der enganliegenden Matrosenkostüme, in die sie sich hineinzwängt – einen ganz besonderen, angeborenen Stil. Mit ihrer Moral allerdings steht es nicht zum besten, und dasselbe darf man wohl von ihren Gefährten behaupten. Was diese beiden anlangt: der eine ist ein zudringlicher Bursche mit unverschämtem Gesicht und einer Zunge, die Skandale aufrührt wie ein Schöpflöffel die Suppe im Kessel – er weiß einfach alles. Die Dritte im Bunde ist ein robustes spanisches Mädchen mit kurzem glattem Haar und lederfarbenen Augen. Sie wird Sunny genannt, und wie man erzählt, ist sie – von Lady Warbanks finanziert – im Begriff, die einzige Frau Marokkos zu werden, die über eine organisierte Schmugglerbande gebietet: Schmuggeln ist hierzulande ein weitverbreiteter Beruf, der Hunderte ernährt, und Sunny besitzt allem Anschein nach ein bemanntes Boot, das allnächtlich über die Meerenge nach Spanien hinüberfährt. Das genaue Verhältnis der drei zueinander ist nicht unbedingt druckfähig; es mag genügen zu sagen, daß sie sich untereinander zu jedem nur erdenklichen Laster vereinigen; das aber interessiert den Soko nicht, den Soko beschäftigt vielmehr ein ganz anderer Aspekt: wie lange wird es noch dauern, bis man Lady Warbanks ermordet, und wer von den beiden wird es tun, der junge Mann oder Sunny? Die Engländerin ist sehr reich, und wenn es die Habgier ist, die ihre Gefährten an sie bindet – wie es so offensichtlich der Fall ist –, dann deutet alles auf einen gewalttätigen Akt hin. Jedermann wartet darauf. Und mittlerweile sitzt Lady Warbanks arglos da, knabbert Tintenfische und trinkt mit kleinen Schlukken ihren Morgen-Pernod.

Der Soko ist aber auch so eine Art Modezentrum, ein Prüfstein für die neuesten Einfälle der Mode. Eine Neuheit, die von den grelleren Typen beifällig aufgenommen wurde, sind Schuhe mit Bändern statt Schnürsenkeln, die bis fast unters Knie gebunden werden. Sie sind unkleidsam, doch ist diese Mode nicht annähernd so bedauerlich wie die Leidenschaft für dunkle Brillen, die sich unter den Araberinnen ausbreitet, deren Augen, nur eben über den Schleier hervorlugend, zu allen Zeiten so großen Reiz ausgeübt haben. Das einzige, was man jetzt noch sieht, sind die großen schwarzen Gläser, wie Kohlenstücke eingebettet in einen linnenen Schneeball.

Abends gegen sieben erreicht der Soko seinen Höhepunkt. Es ist die belebte Stunde des Apéritifs, rund zwanzig Nationalitäten drängen sich auf dem kleinen Platz zusammen, und das Summen der Stimmen gleicht dem Gesang riesiger Moskitos. Einmal aber, als wir dort saßen, senkte sich unvermittelt Stille über den Platz: eine arabische Kapelle bewegte sich fröhlich schmetternd an den hellerleuchteten Cafés vorüber die Straße entlang. Es war die einzige heitere maurische Musik, die ich je zu hören bekam, alles übrige klang wie ein trauriges und verstümmeltes Wehklagen. Der Tod jedoch, möchte man annehmen, ist für die Araber kein kummervolles Ereignis, denn diese Kapelle erwies sich als Vorhut eines Leichenzuges, der, sich vergnügt durch das Gedränge windend, hinterdreinkam. Jetzt schwankte der Leichnam, ein halbnackter Mann auf unbedeckter Bahre getragen, vorüber, und eine mit Simili behängte Dame grüßte ihn, sich über ihren Tisch lehnend, gefühlvoll mit einem Glas Tío Pepe: Und im nächsten Augenblick lachte sie goldgezähnt, Pläne schmiedend. Das war der kleine Soko.

»Falls Sie die Absicht haben, über Tanger zu schreiben«, sagte mir jemand, den ich um bestimmte Auskünfte bat, »dann lassen Sie bitte das Gesindel weg; wir haben eine Menge netter Leute hier, und es ist uns sehr unangenehm, daß die Stadt einen so schlechten Ruf hat.«

Nun ja – wenngleich ich durchaus nicht sicher bin, daß unsere Begriffe miteinander übereinstimmen –, es gibt zumindest drei Menschen, die ich ungemein nett finde. Jonny Winner zum Beispiel. Jonny Winner ist ein reizendes, drolliges Mädchen. Sehr jung, sehr amerikanisch; wenn man ihr betrübtes, sehnsüchtiges Gesicht betrachtet, würde man niemals annehmen, daß sie imstande wäre, für sich selbst einzustehen: und um die Wahrheit zu sagen, ich glaube auch nicht, daß sie es kann. Nichtsdestoweniger lebt sie seit zwei Jahren hier, reiste allein durch Marokko und durch die Sahara. Natürlich ist es Jonny Winners eigenste Angelegenheit, aus welchem Grund immer sie den Rest ihres Lebens in Tanger verbringen will; offensichtlich ist sie verliebt: »Aber lieben Sie es nicht auch? Aufzuwachen und zu wissen, daß man hier ist, zu wissen, daß man immer man selbst sein kann, nichts sein muß, was man nicht ist? Immer Blumen zu haben, und aus dem Fenster zu schaun und zu sehn, wie die Hügel dunkler werden, und die Lichter im Hafen? Lieben Sie es nicht auch?« Andererseits aber liegen sie und die Stadt in beständiger Fehde miteinander; wann immer man sie trifft, macht sie eine neue Krise durch: »Haben Sie es schon gehört? Der abscheulichste Unfug: irgendein Dummkopf in der Kasba hat sein Haus gelb angestrichen, und jetzt machen es ihm alle nach – ich bin grade unterwegs, um zu sehn, ob ich dem Ganzen nicht ein Ende machen kann.«

Gelbangestrichen wäre die Kasba, traditionell blau und weiß wie Schnee in der Abenddämmerung, gräßlich, und ich hoffe, daß Jonny sich durchsetzt – obwohl natürlich ihr Feldzug, mit dem sie die Räumung des *Grand Soko* zu verhindern suchte, erfolglos blieb, ein herzzerreißendes Beginnen, das sie dazu getrieben hat, in Tränen aufgelöst durch die Straßen zu streifen. Der Grand Soko ist der große arabische Marktplatz: von den Bergen heruntergestiegene Berber mit Ziegenfellen und Körben hokken im Kreis unter den Bäumen und lauschen den Märchenerzählern, Flötenspielern und Zauberern; übervolle Stände brechen beinahe unter der Fülle von Blumen und Früchten; in der Luft hängen Haschischrauch und der Minzgeruch arabischen Tees; feurige Gewürze dörren in der Sonne. Und all das soll anderswohin verpflanzt werden, wahrscheinlich um einem Parkplatz zu weichen, und Jonny ringt die Hände: »Soll ich mich vielleicht nicht aufregen? Ich empfinde so, als wäre Tanger mein Haus, und was würden Sie wohl dazu sagen, wenn jemand in Ihr Haus käme und anfinge, die Möbel umzustellen?«

Also zog sie aus, den Soko in vier Sprachen zu retten, Französisch, Spanisch, Englisch und Arabisch; doch obwohl sie alle vier Sprachen ausgezeichnet spricht, hat sie mit Ausnahme des Portiers am Holländischen Konsulat nirgendwo Verständnis bei den Behörden gefunden. Ihre einzige wirkliche emotionelle Unterstützung kommt von einem arabischen Taxichauffeur, der sie kein bißchen verrückt findet und sie umsonst herumfährt. Vor ein paar Tagen sahen wir Jonny am späten Nachmittag über ihren geliebten, der Auflösung verfallenen Grand Soko schlurren; sie sah völlig erledigt aus und trug ein räudiges, über und über mit Wunden bedecktes Kätzchen im Arm. Jonny hat so eine Art, ohne Umschweife das zur Sprache zu bringen, was ihr am Herzen liegt. Sie sagte: »Ich hatte so ein Gefühl, als ob ich einfach nicht mehr weiterleben könnte, und da fand ich Monroe: das ist Monroe«, sie streichelte das Kätzchen, »und er hat mich beschämt: er will so gern leben, und wenn er es vermag, warum sollte ich es dann nicht?«

Und wenn man sie ansah, Jonny und das Kätzchen, beide so schmutzig und wund, wußte man, daß irgendwie irgend etwas sie durchbringen würde: wenn nicht praktischer Verstand, so doch ihr Lebenswille.

Ferida Green besitzt eine Menge praktischen Verstand. Als Jonny mit ihr über die Lage des Grand Soko sprach, sagte Miss Green: »O meine Liebe, Sie müssen sich nicht beunruhigen. Sie sind immer dabei, den Soko abzureißen, aber es geschieht niemals wirklich; ich erinnere mich, daß man ihn 1906 in eine Walfang-Zentrale umwandeln wollte: Stellen Sie sich den Geruch vor!«

Miss Ferida ist eine von Tangers drei Grand-Dames Green, zu denen noch ihre Kusine, Miss Jessie, und ihre Schwägerin, Mrs. Ada Green, gehören: einer von ihnen gelingt es meist, hier den Ausschlag zu geben. Alle drei sind sie über siebzig: Mrs. Ada Green ist berühmt für ihren Chic, Miss Jessie für ihren Witz und Miss Ferida, die älteste, für ihre Weisheit. Sie hat ihr heimatliches England seit über fünfzig Jahren nicht mehr gesehen; dennoch verraten ihr auf den Kopf gerammter Strohhut und das an schwarzem Band herabbaumelnde Pincenez dem Beobachter, daß sie in der Mittagshitze ausgeht und unverrückbar am Fünf-Uhr-Tee festhält. Zeit ihres Lebens übt sie jeden Freitag ein Ritual aus, das der Mehlmorgen genannt wird. Am unteren Ende ihres Gartens sitzt sie an einem Tisch und verteilt, jeden Fall der Reihe nach prüfend, Mehl an arabische Bittsteller, für gewöhnlich alte Frauen, die andernfalls verhungern würden: sie bereiten aus dem Mehl einen Teig, mit dem sie bis zum nächsten Freitag auskommen müssen. Es gibt viel Scherzen und Lachen, denn die Araberinnen beten Miss Ferida an, und für sie sind alle diese alten Frauen, die uns andern immer als anonyme Wäschebündel erscheinen, Freundinnen, deren Persönlichkeit sie in einem großen Hauptbuch kommentiert: »Fathma ist jähzornig, aber nicht böse«, schreibt sie von einer, und von einer anderen: »Halima ist ein gutes Mädchen. Man kann sich unbedingt auf sie verlassen.«

Und das eben ist es, glaube ich, was von Miss Ferida zu sagen wäre.

Jeder, der länger als einen Tag in Tanger bleibt, wird unweigerlich von Nysa hören: wie sie, mit knapp zwölf Jahren, durch einen Australier von der Straße aufgelesen wurde, der sodann, in unverfälschtem Pygmalion-Stil, aus diesem zerlumpten Araberkind eine vollendete, ungewöhnlich elegante Persönlichkeit schuf. Soweit ich weiß, ist Nysa das einzige Beispiel einer europäischen Araberin in Tanger, eine Tatsache, die ihr seltsamerweise keiner verzeiht, weder die Europäer noch die Araber, die ihre Verbitterung ganz offen zeigen und, da Nysa in der Kasba lebt, unaufhörlich Gelegenheit finden, ihrem Groll Luft zu machen: Die Frauen beauftragen ihre Kinder, Obszönitäten auf Nysas Tür zu schmieren, und die Männer zögern nicht, auf der Straße vor ihr auszuspucken, hat sie doch die in ihren Augen schwerwiegendste aller Sünden begangen: Christin zu werden. Eine solche Situation muß das heftigste Ressentiment bewirken, doch scheint sich Nysa, zumindest soweit man aus oberflächlicher Betrachtung schließen kann, in keiner Weise bewußt zu sein, daß es irgendeinen Grund zur Entrüstung gäbe. Sie ist ein bezauberndes, ruhiges Mädchen von dreiundzwanzig; es ist Unterhaltung genug, einfach still dazusitzen und ihre Schönheit zu bewundern, die schrägstehenden Augen und ihre blumengleichen Hände. Mit Menschen kommt sie nur wenig in Berührung; wie die Prinzessin im Märchen bleibt sie hinter den Mauern und im Schatten ihres Patios verborgen, liest, spielt mit ihren Katzen und einem mächtigen weißen Kakadu, der jede ihrer Bewegungen nachahmt: zuweilen schießt der Kakadu auf sie los und küßt ihre Lippen. Der Australier lebt bei ihr; seit er sie, noch als Kind, auflas, war sie nicht einen Augenblick lang von ihm getrennt; wenn ihm etwas zustieße, gäbe es für Nysa wirklich keine Möglichkeit der Umkehr: sie könnte niemals wieder eine Araberin sein, und es ist unwahrscheinlich, daß sie es vermöchte, völlig in eine europäische Welt hinüberzuwechseln. Doch der Australier ist nun ein alter Mann. Eines Tages klingelte ich bei Nysa; niemand öffnete. Der obere Teil der Tür besteht aus Gitterwerk: ich spähte hindurch und sah sie hinter einem Schleier aus Weinranken und Blättern im Schatten ihres Patio stehen. Als ich erneut klingelte, verharrte sie dunkel und bewegungslos wie eine Statue. Später erfuhr ich, daß in dieser Nacht der Australier einen Schlaganfall erlitten hatte.

Ende Juni beginnt mit dem Wachsen des neuen Mondes der *Ramadan*. Für die Araber bedeutet der *Ramadan* einen Monat des Fastens. Bei Einbruch der Dunkelheit wird in der Luft ein farbiges Seil gespannt, und sobald es unsichtbar geworden ist, rufen Muschelhörner die Araber zu Speise und Trank, die sie während des Tages nicht anrühren dürfen. Von diesen Festen in dunkler Nacht geht eine beschwingte Stimmung aus, die erst mit der Morgendämmerung endet. Von weitentfernten Türmen herab spielen Oboenbläser vor dem Gebet eine Abendmusik; hinter verschlossenen Türen versteckt, aber doch hörbar, erklingt das Tamtam von Trommeln, und aus den Moscheen dringen die Stimmen der koransingenden Männer in die schmalen, mondhellen Straßen. Noch hoch auf dem Berge über Tanger hört man den Oboisten im fernen Dunkel klagen, er webt ein feierliches Band aus Tönen von hier über ganz Afrika bis hin nach Mekka.

Sidi-Kacem ist ein endloser, saharagleicher Strand, von Olivenhainen gesäumt; wenn der *Ramadan* zu Ende geht, kommen die Araber aus ganz Marokko nach Sidi-Kacem, in Lastwagen, auf Eseln, zu Fuß: für drei Tage entsteht dort eine Stadt, eine zerbrechliche Traumstadt mit bunten Lichtern und Cafés unter windlichterhellten Bäumen. Gegen Mitternacht fuhren wir dorthin; der erste flüchtige Blick auf die Stadt war wie das Bild eines lichterstrahlenden Geburtstagskuchens im verdunkelten

Zimmer, und er erfüllte den Betrachter mit der gleichen erregenden Scheu: man wußte, daß man nicht alle Kerzen ausblasen konnte. Gleich zu Anfang wurden wir von unseren Begleitern getrennt, aber es war in dem Wogen und Drängen ganz unmöglich, beisammenzubleiben, und nach den ersten furchterfüllten Minuten gaben wir uns gar keine Mühe mehr, sie zu finden: die Nacht ergriff Besitz von uns, und es blieb gar nichts anderes übrig, als zu einem dieser maskierten, ekstatischen Gesichter zu werden, die im Fackellicht glänzten. Überall spielten kleine Kapellen. Stimmen, süß und schwer wie *Kif*-Rauch, sangen über dem Trommelklang, und irgendwo gerieten wir, unter den silbernen, leichtbewegten Bäumen entlangstolpernd, mitten in eine tanzende Menge: alte bärtige Männer im Kreis schlugen den Takt, und die Tänzer, so ihrem Tun hingegeben, daß man sie mit einer Nadel hätte pieken können, glitten dahin, als wehe der Windhauch sie auf und ab. Nach dem arabischen Kalender schreiben wir das Jahr 1370; und wenn man durch die Seide eines Zeltes einen Schatten gewahrte, eine Familie beobachtete, die über einem flachen Feuer aus Zweigwerk Honigkuchen buk, inmitten der Tänzer, und dem Trillern einer einsamen Flöte am Strand lauschend, fiel es nicht schwer, zu glauben, daß man im Jahr 1370 lebte und die Zeit für immer stillstünde.

Ab und an mußten wir uns ausruhen; unter den Olivenbäumen lagen Strohmatten, und wenn man sich auf einer von ihnen niederließ, brachte ein Mann heißen Minztee. Und während wir Tee tranken, sahen wir einen seltsamen Zug von Männern, die einzeln hintereinander vorbeischritten. Sie waren in schöne Gewänder gehüllt, und der Mann, der voranging, alt wie ein Stück Elfenbein, trug eine Schale mit Rosenwasser, das er, zur Begleitmusik von Dudelsäcken, nach beiden Seiten aussprengte. Wir standen auf und schlossen uns dem Zug an, folgten ihm aus dem Hain und zum Strand. Der Sand war kalt wie der Mond; hügelige Dünen zogen sich zum Wasser hinunter, und flackernde Lichter zerrissen das Dunkel wie fallende Sterne. Endlich zogen der Priester und sein Gefolge in einen Tempel ein, den zu betreten uns verboten war, und so wanderten wir weiter den Strand entlang. »Schau, eine Sternschnuppe«, sagte J., und dann zählten wir die Sternschnuppen, es waren ihrer so viele. Der Wind flüsterte im Sand, und es klang wie das Meer; mörderische Gestalten hoben sich silhouettengleich vor dem sinkenden orangefarbenen Mond ab, und der Strand war so kalt wie ein Schneefeld, aber J. sagte: »Oh, ich kann einfach meine Augen nicht länger offenhalten.«

Wir erwachten im blauen Licht, das fast schon das des frühen Morgens war. Wir lagen hoch oben auf einer Düne, und dort unter uns, über den Strand verstreut, waren all die Zelebranten; ihre leuchtenden Kleider flatterten in der morgendlichen Brise. In dem Augenblick, als die Sonne den Horizont berührte, erhob sich ein lautes Geschrei, und zwei Reiter, sattellos auf ihren Pferden, spritzten durch die Brandung und jagten über den Strand. Wie ein hochgehender Vorhang krochen die Strahlen der aufgehenden Sonne über den Sand auf uns zu, und wir erschauerten bei ihrem Nahen in dem Bewußtsein, daß wir, wenn sie uns einmal erreicht hatte, wieder in unserem Jahrhundert sein würden.

Fahrt durch Spanien

Der Zug war ganz zweifellos alt. Die Sitze sackten nach unten wie die Backen einer Bulldogge, viele Fenster zeigten leere Rahmen, und diejenigen, die noch Scheiben aufzuweisen hatten, wurden von Leukoplaststreifen zusammengehalten; im Gang war ein herumstreichender Kater offensichtlich auf Mäusejagd, und es schien nicht unwahrscheinlich, daß seine Bemühungen erfolgreich sein würden.

Langsam krochen wir aus Granada heraus, so als wären der Lokomotive alte Kulis vorgespannt. Der südliche Himmel war weißglühend wie eine Wüste; eine einsame Wolke stand darin, trieb dahin wie eine wandernde Oase.

Unser Ziel war Algeciras, der spanische Hafen gegenüber der afrikanischen Küste. In unserem Abteil saß ein Australier in mittleren Jahren; er trug einen fleckigen Leinenanzug, hatte tabakverfärbte Zähne und schmutzige Fingernägel. Nach kurzer Zeit schon erzählte er, daß er Schiffsarzt sei. Es schien seltsam, hier inmitten dieser dürren, strengen spanischen Ebene jemanden zu treffen, der mit dem Meer verbunden war. Neben ihm saßen zwei Frauen, Mutter und Tochter. Die Mutter war eine vollgefressene, schmuddelige Frau mit trägen, mißbilligenden Augen und einem dünnen Schnurrbart. Der Brennpunkt ihrer Mißbilligung wechselte; zuerst fixierte sie mich ziemlich scharf, denn als das Sonnenlicht stärker flammte und Hitzewellen durch die zerbrochenen Fensterscheiben hereinwogten, hatte ich mein Jackett ausgezogen – ein Benehmen, das sie, vielleicht zu Recht, als unhöflich ansah. Später dann empfand sie Abneigung gegen den jungen Soldaten, der gleichfalls in unserem Abteil saß. Der Soldat und die nicht sonderlich unzugängliche Tochter der Frau, ein dralles Mädchen mit den rauflustigen Zügen eines Preisboxers, schienen zu einem Flirt übereingekommen. Sooft der streunende Kater an unserer Tür erschien, mimte die Tochter Erschrecken, worauf der Soldat tapfer mit sch-sch! den Kater wieder auf den Gang scheuchte; und dieses stumme Spiel bot ihnen hinreichend Gelegenheit zu gegenseitiger Berührung.

Der junge Soldat war einer von vielen im Zug. Ihre mit Quasten verzierten Mützen elegant aufs Ohr gesetzt, lungerten sie auf den Gängen herum, rauchten süße schwarze Zigaretten und lachten in geheimem Einverständnis. Sie schienen sich zu amüsieren, anscheinend etwas, das sie eigentlich nicht hätten tun sollen, denn sobald ein Offizier auftauchte, sahen die Soldaten unverwandt aus den Fenstern, als wären sie hingerissen von den roten Felsenbrüchen, den Olivenfeldern und den strengen kahlen Bergen. Ihre Offiziere trugen Paradeuniform mit vielen Bändern und einer Menge Blech; einige hatten an der Seite schimmernde, unwahrscheinliche Säbel. Sie mischten sich nicht unter die Soldaten, sondern saßen in einem Abteil der ersten Klasse beieinander; sie sahen gelangweilt aus, beinahe so wie stellungslose Schauspieler. Ich glaube, es war ein Segen für sie, daß sich zu guter Letzt etwas ereignete, das ihnen Gelegenheit gab, mit ihren Säbeln zu rasseln.

Das Abteil unmittelbar vor dem unseren nahm eine Familie ein: ein zarter, magerer, ungewöhnlich eleganter Mann, der einen Trauerstreifen ums Revers genäht trug, und in seiner Begleitung sechs schlanke, sommerliche Mädchen, wahrscheinlich seine Töchter. Sie waren allesamt schön, der Vater wie die Kinder, und alle auf gleiche Weise: dunkles, glänzendes Haar, pimentfarbene Lippen und Augen wie Sherry. Die Soldaten warfen flüchtige Blicke in ihr Abteil und sahen dann fort, so als hätten sie direkt in die Sonne geschaut.

Sobald der Zug hielt, stiegen die beiden jüngsten Töchter des Mannes aus und spazierten im Schatten ihrer Sonnenschirme auf und ab. Sie erfreuten sich zahlreicher ausgedehnter Promenaden, denn der Zug stand die meiste Zeit über still, was niemanden außer mir aufzubringen schien. Einige Reisende hatten anscheinend auf jeder Station Freunde, mit denen sie um einen Trinkwasserbrunnen sitzen und lange und gemütlich schwatzen konnten. Eine alte Frau wurde in rund einem Dutzend Städtchen von kleinen Gruppen begrüßt – und zwischen diesen Begegnungen weinte sie so hemmungslos, daß der australische Arzt sich beunruhigt zeigte: Aber nein, sagte sie, er brauche sich nicht zu bemühen, sie sei nur so glücklich, alle ihre Verwandten wiederzusehen.

Bei jedem Aufenthalt rannten wahre Wirbelstürme bloßfüßiger Frauen und halbnackter Kinder mit überschwappenden irdenen Krügen voll Wasser den Zug entlang, heiser *Agua! Agua!* rufend. Für zwei Peseten konnte man einen ganzen Korb dunkler, überreifer Feigen erstehen, und es gab Tabletts voll seltsamer weißgezuckerter Krapfen, die dazu bestimmt schienen, von jungen Mädchen in Kommunionskleidern verspeist zu werden. Gegen Mittag hatten wir unseren Lunch zusammengekauft – eine Flasche Wein, einen Laib Brot, eine Wurst und Käse. Unsre Abteilgenossen waren gleichfalls hungrig. Man zog Päckchen hervor, Wein wurde entkorkt, und eine Weile lang herrschte eine fröhliche, nahezu anmutige Festlichkeit. Der Soldat teilte sich mit dem Mädchen in einen Granatapfel, der Australier gab eine heitere Geschichte zum besten, und die Mutter mit dem bösen Blick zog aus ihrem Busen einen in Papier gewickelten Fisch hervor, den sie mit mürrischem Behagen verzehrte.

Danach wurden alle schläfrig. Der Doktor schlief so tief, daß eine Fliege ungestört im Zickzackkurs über sein Gesicht mit dem weitoffenen Mund spazieren konnte. Stille betäubte den ganzen Zug. Die Mädchen im nächsten Abteil lehnten entspannt auf ihren Sitzen wie sechs müde Geranien; selbst die Katze hatte das Herumstreunen eingestellt und lag träumend im Gang. Wir waren höher hinaufgeklettert über ein Plateau mit grobem gelbem Weizen, dann zwischen den Granitwänden tiefer Schluchten entlang, wo fremdartige, dornenbewehrte Bäume im Wind, der von den Bergen herabkam, erzitterten. Irgendwo zwischen den Bäumen bot sich ein Ausblick auf etwas, das ich gern gesehn hätte, ein Schloß auf einer Anhöhe – es saß dort oben wie eine Krone.

Es war eine Landschaft für Banditen. Irgendwann im Frühsommer dieses Jahres war ein junger Engländer, den ich kenne (wenn auch nur vom Hörensagen), mit dem Auto durch diesen Teil Spaniens gefahren, und an einer einsamen Stelle unterhalb eines Berges hatten dunkelhäutige Schurken seinen Wagen umringt. Sie raubten ihn aus, banden ihn an einen Baum und kitzelten seine Rippen mit der Schneide eines Messers. Ich dachte an diese Geschichte, als ohne Einleitung eine Gewehrsalve die schläfrige Stille zerriß.

Es war eine Maschinenpistole. Geschosse regneten durch die Bäume wie das Rasseln von Kastagnetten, und der Zug kam mit einem verwundeten Quietschen zum Stehen. Einen Augenblick lang hörte man nichts als das Belfern der Maschinenpistole.

Dann sagte ich, mit lauter, furchtbarer Stimme: »Banditen!«

»Bandidos!« schrie die Tochter.

»Bandidos!« echote die Mutter, und das schreckliche Wort flog durch den Zug wie eine Nachricht, die auf der Urwaldtrommel weitergegeben wird. Das Ergebnis war eine schauerliche Clownerie. In einem zusammengeduckten Haufen von Armen und Beinen fielen wir auf dem Boden übereinander. Einzig die Mutter schien ihre Fassung zu bewahren; sie stand auf und begann systematisch ihre Wertsachen zu verbergen. Sie schob einen Ring in ihren Haarknoten und hob ohne Scham ihre Röcke hoch, um einen perlenbesetzten Kamm in ihrem Schlüpfer verschwinden zu lassen. Die bezaubernden Mädchen im Nebenabteil ließen zartes Zwitschern der Betrübnis hören, es klang wie Vogelrufe in der Dämmerung. Befehle bellend, stolperten die Offiziere im Gang umher und rannten sich gegenseitig über den Haufen.

Dann plötzlich Stille. Von draußen kam das Murmeln des Windes in den Blättern und das Murmeln von Stimmen. Gerade als das Gewicht des Doktors, das auf mir lastete, unerträglich zu werden begann, flog die Außentür unseres Abteils auf. Ein junger Mann stand da. Er schien nicht klug genug, um ein Bandit zu sein.

»Hay un médico en el tren?« fragte er lächelnd.

Der Australier löste den Druck seines Ellbogens von meinem Magen und rappelte sich auf. »Ich bin Arzt«, bekannte er und klopfte seine Kleider ab. »Ist jemand verletzt?«

»Sí, Señor. Ein alter Mann, er hat eine Kopfwunde«, sagte der Spanier, der kein Bandit war, sondern, ach, nur ein gewöhnlicher Reisender. Wir kehrten auf unsere Sitze zurück und vernahmen, sprachlos vor Verlegenheit, was vorgefallen war. Während der letzten Stunden schien ein alter Mann als blinder Passagier mitgefahren zu sein, er hatte sich hinten am Zug festgehalten. Eben jetzt hatte er den Halt verloren, und ein Soldat, der ihn fallen sah, hatte seine Maschinenpistole in Tätigkeit gesetzt, um so den Lokomotivführer zum Halten zu bringen.

Meine einzige Hoffnung war, daß niemand sich daran erinnern würde, wer als erster von den Banditen gesprochen hatte. Und anscheinend tat das auch keiner. Der Arzt begab sich zu seinem Patienten, nachdem er eins meiner sauberen Hemden an sich genommen hatte, das er als Verband benutzen wollte, während die Mutter, uns mit griesgrämiger Prüderie den Rücken zuwendend, nach ihrem Perlenkamm angelte. Die Tochter und der Soldat folgten uns, als wir ausstiegen und unter den Bäumen auf und ab gingen, wo sich ein großer Teil der Reisenden versammelt hatte und den Vorfall diskutierte.

Zwei Soldaten trugen den alten Mann herbei;

mein Hemd war um seinen Kopf gewunden. Sie setzten ihn unter einen Baum, und alsbald umdrängten ihn die Frauen, die darin wetteiferten, ihm ihren Rosenkranz zu leihen; jemand brachte eine Flasche Wein, die ihm mehr zusagte. Er schien vollkommen glücklich und stöhnte ausgiebig. Die Kinder, die im Zug mitfuhren, standen im Kreis um ihn herum und kicherten.

Wir befanden uns in einem Wäldchen, das von Orangenduft erfüllt war. Ein Pfad führte zu einem schattigen Vorsprung: von dort sah man über ein Tal, in dem wogende Flächen versengten goldgelben Grases zitterten, als bebe die Erde. Das Tal und das Schattenspiel des Lichts auf den tieferliegenden Hügeln bewundernd, saßen die sechs Schwestern, von dem eleganten Vater begleitet, unter ihren aufgespannten Sonnenschirmen wie Gäste auf einer Fête champêtre. Die Soldaten umkreisten sie in unbestimmter Begierde; sie wagten nicht recht, sich zu nähern, wenngleich ein kecker, dreister Bursche bis zum Rand des Vorsprungs ging und rief *»Yo te quiero mucho«*. Die Worte kamen mit dem hohlen Unterton eines vollkommenen Echos zurück, und die Schwestern versenkten sich errötend tiefer in den Anblick des Tals.

Finster wie die felsigen Berge hatte sich am Himmel eine Wolkenbank zusammengeballt, und das Gras drunten wogte wie das Meer vor dem Sturm. Jemand sagte, es werde wohl Regen geben. Doch keiner mochte gehen: weder der verletzte Mann, der kräftig einer zweiten Flasche Wein zusprach, noch die Kinder, die das Echo entdeckt hatten und nun fröhlich ins Tal hinabsangen. Das Ganze war wie ein Fest, und wir alle schlenderten zögernd zum Zug zurück, so als wolle jeder der letzte Gast sein, der aufbrach. Der alte Mann, der mein Hemd wie einen riesigen Turban um den Kopf trug, wurde in ein Abteil erster Klasse gebracht, wo mehrere eifrige Damen zu seiner Pflege zurückblieben.

In unserem Abteil fanden wir die dunkle, schmuddlige Mutter geradeso auf ihrem Sitz vor, wie wir sie verlassen hatten. Sie hatte sich außerstande gesehen, an der Gesellschaft teilzunehmen. Sie warf mir einen langen, funkelnden Blick zu. »*Bandidos*«, sagte sie schroff und mit unnötigem Nachdruck.

Der Zug fuhr so langsam weiter, daß Schmetterlinge durch die Fenster ein- und ausflogen.

Fontana Vecchia

Fontana Vecchia, Alter Brunnen. So heißt das Haus, *Pace*, Frieden: das Wort ist in die steinerne Türschwelle gemeißelt. Es gibt keinen Brunnen; aber es gab, glaube ich, eine Art Frieden.

Es ist ein rosenfarbenes Haus, in beherrschender Lage über einem Tal mit Mandel- und Ölbäumen, das sanft zum Meer abfällt. Übers Wasser sieht man an klaren Tagen Italiens südlichste Spitze, die Halbinsel Kalabrien. In unserm Rücken führt ein steiniger, gewundener, zumeist von Bauern, ihren Eseln und Ziegen benutzter Pfad an der Bergflanke entlang nach Taormina. Man hat fast das Gefühl, in einem Flugzeug zu wohnen oder auf einem Schiff, das auf dem Gipfel eines Wellenbergs vibriert: sooft man aus dem Fenster blickt oder auf die Terrasse tritt, überkommt einen das flüchtige Gefühl, als schwebe man wie die weißen kreisenden Tauben zwischen den Bergen über dem Meer.

In dieser Weite schrumpfen die Details der Landschaft zur Winzigkeit – die Zypressen sind so klein wie grüne Federkiele; man könnte jedes vorüberziehende Schiff auf der Fläche einer Hand halten.

Vor Tagesanbruch, wenn sinkende Sterne fett wie Eulen am Schlafzimmerfenster vorbeiziehen, bricht längs des steilen, gelegentlich gefährlichen Pfades, der von den Bergen herabkommt, ein Spektakel los. Es sind die Bauern auf dem Weg zum Markt von Taormina. Geröll kollert unter den strauchelnden Hufen überladener Esel; man hört aufspringendes Gelächter, sieht schwankendes Laternenlicht; es ist, als gäben die Laternen den nächtlichen Fischern weit drunten, die um diese Zeit ihre Netze einholen, Zeichen.

Später treffen sich Bauern und Fischer auf dem Markt: ein kleines Volk, den Japanern nicht unähnlich, aber muskulös; ihre magere Walnuß-Härte hat tatsächlich etwas beinah Üppiges. Zieht man die Frische eines Fisches, die Reife einer Frucht in Zweifel, werden sie zu glänzenden Schauspielern. *Si, buono*: Sie ziehen deinen Kopf nach unten, damit du den Fisch beriechen kannst; mit ekstatischem und bedrohlich wirkendem Augenrollen machen sie dir klar, wie köstlich er ist. Mich schüchtert das jedesmal ein; nicht aber die Dorfbewohner, die unbeeindruckt die winzigen zweifarbigen Tomaten befingern und sich niemals scheuen, an einem Fisch zu riechen oder eine Melone kräftig zu drücken.

Ich weiß, daß Einkaufen und Zurichten einer Mahlzeit überall auf der Welt ein Problem ist; aber nach ein paar Monaten Sizilien könnte auch der erfahrenste Haushaltsvorstand den Strick nehmen – nein, ich übertreibe: das Obst ist mehr als ausgezeichnet, zumindest zur jeweiligen Reifezeit; der Fisch ist immer gut und die *pasta* desgleichen. Man hat mir erzählt, es lasse sich auch eßbares Fleisch auftreiben; doch mir wurde das Glück nie zuteil. Auch an Gemüse bietet sich keine große Auswahl; im Winter sind die Eier rar. Aber natürlich ist unser Hauptproblem, daß wir nicht kochen können; unsere Köchin kann es, fürchte ich, ebensowenig. Sie ist ein munteres Mädchen, voller Charme und ein wenig abergläubisch: unsre Gasrechnung zum Beispiel ist zuweilen astronomisch, weil sie es liebt, riesige Töpfe voll Blei auf dem Herd zum Schmelzen zu bringen und dann das Blei zu verzerrten Abbildern zu formen. Solange sie sich auf einfache sizilianische Gerichte beschränkt, wirklich einfache und wirklich sizilianische, sind sie, nun, etwas, das man essen kann.

Doch ich will von dem Hühnchen berichten. Unlängst kam Cecil Beaton, der seine Ferien in Sizilien verbrachte, zu uns auf Besuch. Nach ein paar Tagen begann er ein bißchen abgemagert auszusehn: Wir begriffen, daß ein angemessener Versuch, ihn zu ernähren, unternommen werden mußte. Wir bestellten ein Hühnchen; es traf ein, höchst lebendig und begleitet von der gewieften Bäuerin, die ein Stückchen bergaufwärts wohnt. Es war ein großer schwarzer Vogel – ich sagte, es müsse sehr alt sein. Nein, meinte die Frau, nicht alt, nur groß. Der Hals wurde ihm umgedreht, und G., die Köchin, setzte es aufs Feuer. Gegen zwölf kam sie und meldete, das Huhn sei noch immer *troppo duro* – mit anderen Worten:

steinhart. Wir rieten ihr, nicht die Geduld zu verlieren, und ließen uns mit Gläsern voll Wein auf der Terrasse nieder, bereit, zu warten.

Nach mehreren Stunden und mehreren Litern Wein ging ich in die Küche, wo ich G. in kritischer Verfassung vorfand: nachdem sie das Huhn gekocht hatte, hatte sie es geschmort, dann gebraten, und jetzt kochte sie es in ihrer Verzweiflung noch einmal.

Obwohl nichts anderes zu essen da war, hätten wir es nicht auftragen lassen sollen, denn als es vor uns hingesetzt wurde, mußten wir den Blick abwenden: den dampfenden Haufen krönte der abgehackte Kopf des armen Vogels, auf dem noch der geschwärzte Kamm prangte, und seine gebrochenen Augen starrten uns an.

Am selben Abend teilte uns Cecil unerwartet mit, daß er zu den Freunden zurück müsse, bei denen er vorher auf der Insel gewesen war.

Als wir Fontana Vecchia zuerst mieteten – es war Frühling, April –, stand der Weizen im Tal hoch, grün wie die Eidechsen, die um die Halme flitzten. Der sizilianische Frühling beginnt im Januar und wächst zu einem königlichen Bukett, einem Zaubergarten, wo alles geblüht hat: im Flüßchen sprießt Minze; tote Bäume sind in wilde Kletterrosen gehüllt; selbst der wilde Kaktus treibt zarte Blüten. April ist der unbarmherzigste Monat, schreibt Eliot: hier nicht. Hier ist er strahlend wie der Schnee auf dem Gipfel des Ätna. Kinder klettern am Berghang und füllen Säcke mit Blütenblättern – Vorbereitung für den Festtag eines Heiligen –, und die Fischer, die mit ihren Körben voller perlfarbener *pesce* vorübergehen, haben Geranien hinters Ohr gesteckt.

Mai, und der Frühling nimmt Abschied: die Sonne wird mächtiger; man erinnert sich, daß Afrika nur 130 Kilometer entfernt ist; wie ein bronzener Schatten fällt die Farbe des Herbstes über das Land.

Im Juni war der Weizen erntereif. Mit einer gewissen Melancholie lauschten wir dem Schwingen der Sensen in dem goldenen Feld. Als die Arbeit getan war, gab der Grundbesitzer, dem die Ernte gehörte, den Schnittern ein Fest. Es waren nur zwei Frauen dabei – eine junge, die ihr Kind stillte, und eine alte, ihre Großmutter. Die Alte tanzte leidenschaftlich; barfüßig wirbelte sie mit allen Männern – keiner konnte sie dazu bringen, einmal auszusetzen, mitten in einem Tanz sprang sie auf und holte sich einen Partner. Die Männer, die abwechselnd das Akkordeon spielten, tanzten untereinander, eine ländliche Sitte in Sizilien. Es war das ideale Fest: zuviel Tanzen, viel zuviel Wein. Später, als ich erschöpft zu Bett ging, dachte ich an die alte Frau. Nachdem sie den ganzen Tag über auf dem Feld gearbeitet und den ganzen Abend lang getanzt hatte, mußte sie sich jetzt auf eine Acht-Kilometer-Kraxelei zu ihrem Haus in den Bergen machen.

Ein Spaziergang führt zum Strand, vielmehr zu

den Stränden, denn es gibt deren mehrere; alle sind kieselig, und nur ein einziger, Mazzarò, ist recht bevölkert. Der attraktivste, Isola Bella, eine geschützte Bucht mit Wasser so klar wie aus der Regentonne, liegt zweieinhalb Kilometer unmittelbar unter uns; die Schwierigkeit ist, wieder hinaufzukommen. Ein paarmal sind wir nach Taormina gelaufen und haben dort den Bus genommen oder ein Taxi. Meist aber gehn wir zu Fuß. Schwimmen kann man von März bis Weihnachten (sagen die Mannhaften), doch ich gestehe, daß ich nicht allzu begeistert war, bevor wir die Tauchermaske kauften. Die Maske hatte eine runde gläserne Sichtplatte und einen Schnorchel, der sich schließt, wenn man taucht. Still zwischen den Felsen hindurchzuschwimmen ist so, als ob man eine neue visuelle Dimension entdeckt hätte: im Unterwasserdämmer taucht in beunruhigender Nähe ein rot phosphoreszierender Fisch auf; dein Schatten gleitet über ein Feld mit hermelinfarbenem Gras; blaue, silberne Luftblasen steigen von einem langbeinigen Etwas auf, das schlafend in einem Feld wehender Seeanemonen liegt, und es ist, als bewege sie ein Wind aus Musik: die Seeanemonen, die javanischen Ranken purpurfarbner Medusen. Wieder an Land, wie scheint die obere Welt so statisch, so schwerfällig.

Wenn wir nicht zum Strand gehn, gibt es nur einen einzigen Grund, das Haus zu verlassen: in Taormina einzukaufen und einen Apéritif auf der Piazza zu trinken. Taormina, eigentlich eine Tochterstadt von Naxos, der ältesten griechischen Kolonie in Sizilien, geht historisch bis in das Jahr 396 vor Christus zurück. Hier hat sich Goethe 1787 umgesehen. Er beschreibt es uns so:

»Setzt man sich nun dahin wo ehemals die obersten Zuschauer saßen, so muß man gestehen, daß wohl nie ein Publikum im Theater solche Gegenstände vor sich gehabt hat. Rechts zur Seite auf höheren Felsen, erhebt sich Castelle, weiter unten liegt die Stadt, und ob schon diese Baulichkeiten aus neueren Zeiten sind, so standen doch vor Alters wohl eben Dergleichen auf derselben Stelle. Nun sieht man an dem ganzen Gebirgsrücken des Ätna hin, links das Meerufer bis nach Catania, ja Syrakus; dann schließt der ungeheure, dampfende Feuerberg das weite, breite Bild, aber nicht schrecklich, denn die mildernde Atmosphäre zeigt ihn entfernter und sanfter, als er ist.«

Goethes Standort war das griechische Theater, eine prachtvolle, auf steiler Anhöhe gelegene Ruine, wo heute noch gelegentlich Theateraufführungen und Konzerte stattfinden.

Taormina ist so ausgefallen in der Szenerie, wie Goethe behauptet; doch ist es eine seltsame Stadt. Während des Krieges war sie das Hauptquartier Feldmarschall Kesselrings; infolgedessen bekam sie ihr Teil von dem Bombardement der Alliierten ab. Der Schaden war gering. Trotzdem bedeutete der

Krieg für die Stadt den Ruin. Bis 1940 war sie, Capri ausgenommen, der beliebteste Mittelmeerort südlich der französischen Riviera. Obwohl die Amerikaner nicht hingingen, zumindest nicht in nennenswerter Zahl, besaß sie beträchtliche Anziehungskraft für Engländer und Deutsche. (Ein Sizilienführer, von einem Engländer verfaßt und 1905 veröffentlicht, vermerkt: »Taormina ist überschwemmt von Deutschen. In manchen Hotels hat man eigene Tische für sie, weil die anderen Nationen nicht gern mit den Deutschen zusammensitzen.«) Heutzutage sind die Deutschen natürlich nicht in der Lage, zu reisen, aufgrund der Devisensparmaßnahmen sind es die Engländer ebensowenig. Im vergangenen Jahr war das San Domenico, ein altes Kloster, das gegen Ende des neunzehnten Jahrhunderts in ein höchst luxuriöses Hotel verwandelt wurde, nie mehr als zu einem Viertel belegt; vor dem Krieg mußte man ein Jahr im voraus buchen. Diesen Winter eröffnet die Stadt, als vielleicht verzweifeltes letztes Mittel, ein internationales Publikum anzulocken, ein Spielkasino. Ich wünsche dem Unternehmen Glück: es ist unbedingt notwendig, daß jemand herkommt und all die handgewirkten Hüte und Taschen kauft, die in den Läden am Korso herumliegen. Was mich betrifft, so gefällt mir Taormina so, wie es ist; es bietet die Annehmlichkeiten eines Touristenzentrums (fließendes Wasser, einen Laden mit ausländischen Zeitungen, eine Bar, wo man einen guten Martini bekommt) ohne Touristen.

Die kleine Stadt erstreckt sich zwischen zwei Toren; in der Nähe des ersten, der Porta Messina, ist ein kleiner, von Bäumen beschatteter Platz mit einem Brunnen und einer steinernen Mauer, an der entlang die einheimischen Müßiggänger aufgereiht sind wie Vögel auf einem Telefondraht. Bei einem meiner ersten Spaziergänge durch Taormina verblüffte es mich, auf dieser Mauer einen alten Mann sitzen zu sehen, der Samthosen trug und in einen schwarzen Umhang gehüllt war; sein Hut, ein olivgrüner weicher Filz, war zu einer dreispitzartigen Haube gebeult, deren Rand sein breites, gelbliches, leicht mongolisches Gesicht beschattete. Es war in sich eine verblüffend theatralische Erscheinung, bis mir bei näherem Hinschaun klar wurde, daß es André Gide war.

Während dieses Frühlings und Frühsommers sah ich ihn häufig dort, entweder unbeachtet auf der Mauer sitzend, scheinbar irgendeiner der alten Männer, oder sinnend beim Brunnen, wo er, seinen Umhang in Shakespearischer Manier um sich gezogen, im Wasser sein eigenes Spiegelbild zu betrachten schien: *si jeunesse savait, si vieillesse pouvait*.

Unter den aufgesetzten Glanzlichtern ist Taormina eine ganz normale Stadt, und seine Bewohner haben ganz normale Ambitionen und Beschäftigungen. Doch haben viele von ihnen, insbesondere die jungen Männer, eine Mentalität, die ich die von Hotelkindern nenne, von Kindern, die immer in Hotels gelebt haben und wissen, daß alles vergänglich ist, daß man sich nie gefühlsmäßig binden darf, weil Freundschaft eine Angelegenheit von wenigen Tagen ist. Diese jungen Leute leben sozusagen »außerhalb« der Stadt; sie interessieren sich für die Fremden, nicht so sehr aus gewinnsüchtigen Motiven als wegen der Distinktion, die ihnen in ihren Augen die Bekanntschaft mit Engländern und Amerikanern verleiht, und da die meisten von ihnen auf primitive Art mehrere Sprachen sprechen, verbringen sie ihre Tage in den Cafés an der Piazza, wo sie höflich und affektiert mit den Reisenden plaudern.

Es ist eine prachtvolle Piazza, die sich um eine Felsterrasse mit Blick auf den Ätna und das Meer gruppiert. Sardische Spielzeugesel, vor elegant geschnitzte Wagen gespannt, stolzieren mit klingelnden Glöckchen vorbei; ihre Wagen sind mit Bananen und Orangen beladen. An den Sonntagnachmittagen, während die städtische Kapelle ein wunderliches, aber attraktives Konzert gibt, findet die große Promenade statt, und wenn ich zugegen bin, halte ich stets Ausschau nach der Metzgerstochter, einem dicken, muskulösen Mädchen, das die ganze Woche über mit der Wildheit zweier Männer das Fleischerbeil schwingt; am Sonntag aber, frisiert und parfümiert, ist um sie, die auf fünf Zentimeter hohen Absätzen daherschwankt, begleitet von ihrem Verlobten, einem schmalen Jungen, der ihr nicht ganz bis zur Schulter reicht, ein Zauber, eine Atmosphäre des Triumphs, vor der die spöttische Zunge verstummt: sie besitzt den Stolz, das Selbstvertrauen, das den Geist einer echten Promenade ausmacht. Zuweilen tauchen auf der Piazza wandernde Unterhalter auf: bockgleiche Bergbuben, die auf fellbespannten Sackpfeifen quälende, jodlerverwandte Weisen spielen; oder, wie im Frühling, ein Sänger, ein Kind, dessen Familie sich dadurch erhält, es alljährlich rund um die Insel reisen zu lassen: sein Podium war der Ast eines Baumes, und da sang er, den Kopf zurückgeworfen und die Kehle bebend vom herzbrechenden Soprangesang, sang, bis seine Stimme in traurigstem Flüstern verebbte.

Beim Einkaufen ist der *tabacchi* meine letzte Station, ehe ich aufs Land hinausgehe. In Sizilien sind alle Tabakhändler reizbare Burschen. Für gewöhnlich sind ihre Läden voll, aber wenige Kunden kaufen mehr als drei oder vier einzelne Zigaretten: die verbrauchten Männer legen mit zögernder Feierlichkeit ihre zerfetzten Lire hin, prüfen dann umständlich die Zigaretten, die lumpigen Zigarren, die ihnen zugeteilt wurden – dieser Besuch im *tabacchi* scheint für sie das wichtigste Ereignis des Tages zu sein; vielleicht räumen sie eben deshalb so zögernd ihren Platz in der wartenden Schlange.

Es gibt ungefähr zwanzig verschiedene sizilianische Zeitungen; in großen Girlanden hängen sie vor dem Tabakladen. Als ich eines Nachmittags in die Stadt ging, begann es zu regnen. Es war kein heftiger

Regen; doch die Straßen lagen verlassen, keine Menschenseele war zu sehen, bis ich zum *tabacchi* kam – da war eine Menge um die Zeitungen versammelt, die mit schreiend aufgemachten Schlagzeilen im Regen flatterten. Kleine Jungen standen barhäuptig achtlos im Regen und steckten die Köpfe zusammen, während ein älterer Knabe, auf das riesige Foto eines Mannes deutend, der in einer Blutlache hingestreckt lag, ihnen vorlas: Giuliano ist tot, in Castelvetrano erschossen. *Triste, triste*, eine Schande, ein Jammer, sagten die Älteren; die Jungen sagten gar nichts, aber zwei junge Mädchen gingen in den Laden und kamen jede mit einem Exemplar von *La Sicilia* heraus, einer Zeitung, deren ganze Vorderseite ein Riesenporträt des getöteten Verbrechers einnahm; ihre Zeitungen vor dem Regen schützend, rannten die Mädchen, Hand in Hand, schliddernd die regenglänzende Straße entlang.

Und dann kam der August; wir spürten die Sonne, bevor sie noch aufgegangen war. Seltsamerweise waren hier auf dem freistehenden Berg die Tage kühler als die Nächte. Denn meist wehte vom Wasser her eine steife Brise; mit Sonnenuntergang drehte sich der Wind, blies meerwärts, gen Süden, nach Griechenland, Afrika. Es war ein Monat schweigender Blätter, fallender Sterne, roter Monde, eine Zeit prächtiger Nachtfalter und schlafender Eidechsen. Die Feigen platzten auf, die Pflaumen wurden rund, die Mandeln hart. Eines Morgens beim Aufwachen hörte ich das Klappern von Bambusstöcken in den Mandelbäumen. Im Tal drunten und auf den Hügeln drüben schlugen Hunderte von Bauern, im Familienverband arbeitend, die Mandeln herunter, lasen sie vom Boden auf; und dabei sangen sie sich zu, eine Stimme führte die andern; es waren maurische, flamenco-ähnliche Stimmen, deren Lieder nirgendwo begannen und nirgends endeten und die doch das Wesen von Arbeit, Glut und Ernte enthielten.

Eine Woche brachten sie die Mandelernte ein, und jeden Tag erreichte der Gesang eine leicht verrückte Intensität. Ich konnte seinetwegen nicht mehr denken; in mir war ein so überwältigendes Gefühl von jenseitigem Leben. Gegen Ende, während der letzten tollen Tage, schienen die leidenschaftlichen Stimmen sich aus dem Meer zu erheben, den Mandelwurzeln; man kam sich vor wie in einer Echohöhle verirrt, und wenn die Dunkelheit kam und die Stille, hörte ich noch immer, noch im Einschlafen, den Gesang. Obwohl man versuchte, ihn zu verdrängen, schien er im Begriff, eine traurige, quälende Geschichte zu erzählen, im Begriff, eine furchtbare Kunde zu bringen.

Wir haben nicht oft Besuch in Fontana Vecchia: der Weg ist zu weit für unerwartete Besucher, und es vergehen Tage, ohne daß jemand an unsre Tür klopft, den Eisjungen ausgenommen. Der Eisjunge ist ein blonder, amüsanter, gelehrtenhaft wirkender Elfjähriger. Er hat eine schöne junge Tante, zweifellos eines der hübschesten jungen Mädchen, die ich je gesehn habe, und oft spreche ich mit ihm von ihr. Warum, wollte ich wissen, hat A., die Tante, keinen Verehrer? Warum ist sie immer allein, erscheint sie nie beim Tanz oder der sonntäglichen Promenade? Weil seine Tante, sagt der Eisjunge, mit den Männern aus der Gegend nichts anfangen kann, weil sie sehr unglücklich ist und sich einzig danach sehnt, nach Amerika zu gehen. Vielleicht. Doch meine eigne Theorie ist, daß die männlichen Mitglieder ihrer Familie so eifersüchtig auf sie sind, daß sich niemand in ihre Nähe wagt. Sizilianische Männer bestimmen ganz genau, was ihre Frauen tun und was nicht; und Gott weiß, warum, die Frauen scheinen es zufrieden.

Unsere Köchin zum Beispiel, G., die neunzehn ist, hat einen wenig älteren Bruder. Eines Morgens erschien sie mit aufgeplatzter Lippe, blaugeschlagenen Augen, einer Messerwunde im Arm und von Kopf bis Fuß mit gelbgrünen Flecken bedeckt. Es war ein erstaunlicher Anblick; eigentlich hätte sie ins Krankenhaus gehört. Einseitig lächelnd erklärte G., nun, ihr Bruder habe sie verdroschen; sie hätten gestritten, weil er fand, sie ginge zu häufig zum Strand. Natürlich hielten wir das für einen absurden Vorwurf; wann ging sie zum Strand – des Nachts? Ich erklärte ihr, sie solle sich nicht daran stören, ihr Bruder sei häßlich und brutal. Ihre Antwort lief darauf hinaus, daß ich mich um meine eigenen Angelegenheiten kümmern solle; ihr Bruder sei ein feiner Kerl, sagte sie. »Er sieht gut aus und hat viele Freunde – nur zu mir ist er brutal.« Trotzdem ging ich zu unserem Hausbesitzer und beschwerte mich, verlangte, man solle G.s Bruder mitteilen, wir würden es nicht dulden, daß seine Schwester in derartiger Verfassung zur Arbeit komme. Er schien verblüfft: wieso ich auf die Idee käme, den Bruder zu tadeln? Schließlich habe ein Bruder das Recht, seine Schwester zu strafen. Als ich mit dem Eisjungen darüber sprach, stimmte er dem Hausbesitzer bei und erklärte nachdrücklich, wenn er eine Schwester hätte, die ihm nicht gehorche, so würde er sie ebenfalls verdreschen.

Eines Abends im August, als der Mond so unnatürlich war, hatten der Eisjunge und ich einen kleinen, aber fröstelnmachenden Meinungsaustausch. Was halten Sie vom Werwolf? fragte er mich. Fürchten Sie sich davor, bei Dunkelheit auszugehen? Zufällig hatte ich gerade an jenem Tag von der Werwolfangst erfahren: ein Junge, der sich spätabends auf dem Heimweg befand, war von einem heulenden Tier gejagt worden, einem Menschen auf vier Beinen. Doch ich lachte. Man glaubt doch nicht an Werwölfe, oder etwa doch? »Früher gab es viele Werwölfe in Taormina«, sagte er und sah mich mit seinen grauen Augen unverwandt an; dann setzte er mit verächtlichem Achselzucken hinzu: »Jetzt gibt es nur noch zwei oder drei.«

Und so kam der Herbst, wir sind mitten drin, ein Tambourinwind, ein Hauch von Nebel geisterte durch die gelben Bäume. Es war ein gutes Jahr für die Weintrauben; in der Luft hängt süß der Duft von abgefallenen, ins Laub eingebetteten Trauben, von jungem Wein. Um sechs stehn die Sterne am Himmel; doch noch ist es nicht zu kühl, um auf der Terrasse einen Cocktail zu trinken und im hellen Sternenlicht zu beobachten, wie die Schafe mit ihren Buster-Keaton-Gesichtern von der Weide herunterkommen und die Ziegen, deren Herdenbewegung sich anhört, als würden trockne Zweige über den Boden geschleift. Gestern haben uns Männer eine Wagenladung Holz gebracht. So fürchte ich mich nicht vor dem nahenden Winter: was kann man sich Besseres ausmalen, als beim Feuer zu sitzen und auf den Frühling zu warten?

Griechische Skizzen

Vor einigen Sommern luden mich italienische Freunde auf eine Kreuzfahrt zu den griechischen Inseln an Bord einer besonders eleganten Segeljacht ein. An einem Julimorgen sollten wir von Piräus auslaufen. Das Meer war ruhig, das Schiff funkelte, der Kapitän und seine Crew erwarteten uns in Uniformen so weiß wie die Kirchen von Mykonos; und ich war zur Stelle, o ja. Unglückseligerweise hielt meine Gastgeber eine plötzliche Tragödie zurück, ein Todesfall in der Familie. Doch obwohl sie nicht kommen konnten, bestanden sie darauf, daß ich die Kreuzfahrt machen solle. Man stelle sich das vor: eine ganze Jacht zur Verfügung eines einzigen Passagiers! Nur der verrückteste, reichste, größte Egoist konnte ein derart ausgefallenes Unternehmen planen. Da es sich aber durch Zufall ergeben hatte, empfand ich weder Schuld noch Unschlüssigkeit. *Avanti.*

Und hier sind ein paar Notizen von dieser Reise.

Ich mache mir nichts aus griechischen Weinen; es gibt jedoch einen ungeharzten Weißwein, der so trocken und leicht ist wie die besten italienischen Soaveweine. Er heißt King Minos, und grade eben habe ich, im Sternenlicht auf dem Achterdeck sitzend, eine halbe Flasche davon getrunken und zwei riesengroße Pfirsiche dazu gegessen. Pfirsiche so groß wie Warzenmelonen und in der Farbe wie das Fleisch dieser Früchte. Pfirsiche von köstlich weicher Konsistenz und saftstrotzender likörähnlicher Süße. Und zu denken, daß sie das Produkt einer griechischen Insel sind, dieser gebirgigen Winzigkeit meerumschlossener Unfruchtbarkeit. Vom blühendsten persischen Garten hätte man es kaum für möglich gehalten, daß er solche Pfirsiche hervorbringen könnte – wieviel weniger also von diesen sonnenversengten Felsen. Und doch ist es wahr, denn der Koch hat sie auf Santorin gekauft, wo wir für die Nacht vor Anker gegangen sind.

Die Mannschaft ist an Land gegangen: hoch und immer höher hinauf nach Santorin. Eine ordentliche Kletterei, eine Angelegenheit von mehreren tausend Stufen und schwindelmachenden Ausblicken. Ich habe diesen Weg heute nachmittag auf dem Rükken eines jener gebrechlichen mutigen kleinen fliegengeplagten Esel zurückgelegt, gepriesen sei sein strapaziertes Herz. Ich empfand es als höchst beschämend, und außerdem war ich wundgeritten, also machte ich mich auf den Rückweg zu Fuß.

Der Himmel ein Sternen-Freudenfeuer – so flammend wie die Himmel über der Sahara. Das Wiegen von Segelbooten. Das Wiegen vertäuter Segelboote. Musik aus einem Hafencafé. Ein Ouzo-duftender alter Mann, der vor dem Café tanzt. Der kühle King Minos, der mein Blut erwärmt, der nachwirkende Geschmack von Pfirsichen, der Duft von Pfirsichhaut, der die milde, salzhaltige Luft durchtränkt.

Meltemi

Meltemi, dieser verteufelte Wind. Gestern erwischte er uns, ein unvermeidliches Ereignis auf dem sommerlichen griechischen Meer, denn dieser vermaledeite Wind weht fast den ganzen Juli und August hindurch. Vor ein paar Jahren verbrachte ich einen Sommer auf den Kykladen, auf der Insel Paros, die zweifellos der Lieblingsaufenthalt des Meltemi ist: er verläßt sie praktisch nie, wirbelt vielmehr heulend um die Insel wie die Spektralstimmen ertrunkener Seeleute, Jahrhunderte von an den Klippen zerschmetterten Seeleuten.

Es *ist* ein böser Wind, launisch und quälend. Und zu denken, wie er sich auf die Wirtschaft auswirkt, die Ernährung der Inselbewohner: wenn die Fischer nicht fischen können, was sie eben nicht können, wenn der Meltemi braust, reduziert sich der ohnehin schon reichlich magere Speisezettel eines Inselbewohners um die Hälfte. Der April ist der beste Monat, um hierherzukommen: ganze Felder mit wildwachsenden Blumen, wilde Anemonen, weiße Veilchen, und das Wasser, so grün wie Frühlingsknospen, ist eben warm genug für ein kurzes Bad. April – oder aber der späte September, wenn das Wasser noch warm genug ist (sofern man nichts dagegen hat, es mit fortziehenden Wildgänsen zu teilen, die unversehens vom Himmel herabschießen und neben einem dahinschwimmen) und der Meltemi nicht länger auf der Lauer lieg.

Bis gestern aber habe ich ihn nie auf offenem Meer erlebt. Ich war unter Deck, als er uns erreichte; gleichwohl hörte ich, wie er übers Wasser daherkam – ein geheimnisvolles, die Wasser kräuselndes ferderleichtes Etwas. Das Schiff schlingerte, wirbelte herum, Fische lugten durch die Bullaugen; es schien, als ob der Mast bräche: wie nahe wir alle dem Moment sind, da wir uns in den Klagechor der ertrunkenen Seeleute einreihen! Er legte sich, als die Dämmerung hereinbrach, und wir suchten eilig Zuflucht in einer kleinen Bucht.

Die Besatzung besteht aus Jugoslawen, Griechen, größtenteils aber Italienern. Der Kapitän ist Italiener. Er macht sich nicht viel aus der Jacht, weil er Segeljachten generell nicht mag, nicht einmal die schwarze Perle der Ägäis, Niarchos' *Creole*. Er sagt, daß sie zwar romantisch sind, aber für die Mannschaft zu viel Arbeit bedeuten. Er spricht Englisch, spricht es gut, und ist ein noch jüngerer Mann mit dramatischen Augen und dunkelgetönter Stimme; er hätte ohne weiteres Schauspieler sein können, und alle Schauspieler sind Lügner, ich habe noch keinen getroffen, der es nicht gewesen wäre. Vielleicht aber ist der Kapitän kein Lügner. Wie dem auch sei, heute morgen passierten wir Delos, ohne anzulegen, weil ich schon zweimal dort war, und der flüchtige Anblick der marmornen Trümmer, die im schimmernden Lavendeldunst vorüberglitten, riefen ihm eine Geschichte ins Gedächtnis. Er erzählte sie mir beim Mittagessen. Er schwor, sie sei wahr.

»Es geschah, als ich ein Junge von siebzehn Jahren war und in der Mannschaft einer Jacht, die einem Engländer gehörte, Lord Sickle. Lord Sickle vercharterte häufig seine Jacht, und im August jenes Jahres charterte sie eine schöne Engländerin: eine Witwe, vierzig Jahre vielleicht, sehr groß, schmale Taille, voller Anmut. Sie hatte einen Sohn, einen Knaben von ungefähr sechzehn, und auch er war sehr schön und anmutig. Doch er war ein Krüppel: das eine verkrümmte Bein in einer Schiene, er ging mit zwei Stöcken. Aber dieser Junge war ein Genie. Ein Gelehrter, ihm zuliebe unternahm seine Mutter die griechische Kreuzfahrt; er wollte die Orte sehen, die er aus seinen Studien so gut kannte.

Sie kamen in Begleitung einer Zofe und eines Dieners an Bord; von diesen beiden abgesehen, waren sie allein, und ich habe oft gedacht, was für ein Jammer das war. Vielleicht wäre es nicht passiert, wenn sie Freunde bei sich gehabt hätten.

Es gab da eine seltsame Insel, die der Junge besuchen wollte. Nördlich von Delos. Ja, nördlich. Ich kann mich nicht genau erinnern. Es war eine Insel von wenigen Morgen Umfang und so gut wie unbekannt; er jedoch kannte sie und sagte: es gebe dort einen guterhaltenen Tempel.

Wir kamen am Nachmittag an und mußten wegen der Untiefen mehr als eine Meile weit draußen vor Anker gehen. Der Junge war sehr aufgeregt. Er hatte beschlossen, das Abendessen mitzunehmen und die Nacht allein mit seiner Mutter auf der Insel zu verbringen; er wollte den Tempel im Mondlicht sehn und am Strand schlafen. Die Mutter liebte ihn sehr. Zu sehr. Sie lachte und gab Auftrag, ein Picknick herzurichten.

Ich war es, der sie hinüberruderte, sie an Land setzte; und ich war es, der in der Morgendämmerung zurückkam, sie abzuholen. Der Junge war tot, zum

Skelett abgefressen; und die Mutter, die ich im Wasser watend fand, war unkenntlich – furchtbar verstümmelt, halb wahnsinnig.

Monate später erst, Monate, die sie in einem Athener Krankenhaus zubrachte, war sie imstande, einem Untersuchungsgericht zu berichten, was geschehen war. ›Anfangs war es sehr friedvoll und schön‹, sagte sie. ›Wir wanderten um den Tempel herum bis zur Dämmerung und breiteten dann unser Abendbrot auf den Stufen aus; schau nur, sagte mein Sohn Eric, es wird Vollmond. Wir sahen die Lichter unserer Jacht, die sich weit draußen wiegte – ich wünschte, wir hätten den Matrosen bei uns behalten. Denn als der Mond zunahm und heller strahlte, erfaßte mich irgendwie Mißtrauen in die Landschaft. Und allmählich wurde ich mir eines Geräuschs bewußt. Klauen. Ein eisiges Trippeln. Und eine riesige braune Ratte, noch eine und noch eine, sprangen mit reißenden Zähnen mitten in unser Picknick. Eine Horde von Ratten ergoß sich aus dem Tempel, zu Hunderten stürzten sie sich im Mondschein auf uns. Eric schrie auf; er versuchte wegzurennen und fiel hin, ich mußte ihn an den Armen ziehen, aber die Ratten holten uns ein, waren überall um und über uns, sie schwammen uns sogar im Wasser nach, zerrten Eric zurück auf den Strand, und keiner hörte mich die ganze Nacht lang, während ich da im Wasser blutete und schrie und weinte.‹« Der Kapitän brannte sich eine Zigarre an. »Diese Frau lebt noch.

Sie lebt in Nizza. Ich habe sie gesehen – auf der Promenade, sie saß in einer Kutsche. Sie trägt einen langen Schleier. Man hat mir gesagt, daß sie mit keinem Menschen spricht.«

Beobachtungen

1. Vielen gebildeten Griechen ist eine snobistische Neigung gemeinsam – von ihren Fingernägeln besessen, beschäftigen sie sich unaufhörlich mit deren Pflege und lassen die des kleinen Fingers an beiden Händen so lang wachsen wie die der Dragon Lady. Damit tun sie dem niederen Volk kund, daß sie mit dem Kopf arbeiten, nicht mit ihren Händen.

2. Griechische Geschäftsleute teilen auch ein exzentrisches Hobby: das Spiel mit auf Schnüren gezogenen kleinen Bernstein- oder Elfenbeinkugeln, wobei ihre nervösen Finger sich reibend und zählend ruckartig von Kugel zu Kugel bewegen. Angeblich befreit dies Tun vom Streß der Geschäfte und verhindert Magengeschwüre.

3. Und den meisten Griechen, Männern wie Frauen, gemein ist der medizinische Aberglaube. Das bescheidenste Dorf hat einen Verkäufer, der kleine Nachbildungen von Händen, Herzen, Füßen, Ohren, Augen feilbietet, die aus poliertem Walzzinn gestanzt sind. Wenn Sie, sagen wir einmal, einen Herzinfarkt hinter sich haben, nun, so erwerben Sie

einfach ein Zinnherz, tragen es immer bei sich, und alsbald wird das jetzt noch leidende Organ sich auf magische Weise selbst geheilt haben. Die wahren Gläubigen rekrutieren sich nicht allein aus Bauern und Hausfrauen des Mittelstandes, zu ihnen gehören auch viele Intellektuelle. Als ich auf Paros lebte, erwähnte ich einmal Professor Kalliope gegenüber, einem Linguisten von großem Ruf, daß mein Vater praktisch blind war und ich große Furcht davor hätte, ebenfalls das Augenlicht zu verlieren. Er kaufte mir ein Paar Zinnaugen und bestand darauf, daß wir durch flimmernde Hitzewände (es war August) zu einem Nonnenkloster in den Bergen pilgerten, in dem eine ungewöhnliche, mit Hexenkräften begabte Äbtissin residierte: sobald sie erst einmal meine Medaillen gesegnet hätte, würde ich meiner Sorgen enthoben sein. Im Kloster angelangt, kam ich mir vor wie ein gefangener Missionar in einem gefahrvollen Hottentottendorf: die Nonnen, für die Besucher etwas höchst Ungewohntes waren, versammelten sich um mich, kicherten und stupsten und zwickten mich – ja, zwickten regelrecht, als wollten sie prüfen, wieviel Saft ich hergäbe, wenn es ans Kochen ging. Bald jedoch gelang es dem Professor, sie zu beruhigen, und man brachte uns kaltes Wasser und eine kandierte Näscherei, die nach Rosen roch und in jedem Stück ein Rosenblatt barg. Was die Äbtissin anlangt, so kamen wir zu spät: sie war eine Woche zuvor gestorben.

Die blaue Bucht

Die einzige Art von Landschaft, die mich langweilt, ist eine, von der ich mir nicht vorstellen kann, einen Teil zu kaufen: wenn ein Ort nur das mindeste Hochgefühl hervorruft, erwäge ich auf der Stelle, ein Haus zu kaufen oder zu bauen. Ach, diese Hunderte von Besitztümern, die ich im Geiste errichtet habe! Doch jetzt ist etwas Ernstes eingetreten. Während der letzten Tage sind wir um Rhodos gekreuzt, haben lange in der vollkommenen kleinen Bucht von Lindos gelegen. Ein amerikanischer Freund, der ein Haus oberhalb von Lindos besitzt, nahm mich mit, um etwas anzusehen, das ich seiner Ansicht nach erwerben sollte. Ich teile seine Ansicht. Es ist ein kleines steinernes Bauernhaus, inmitten einer hufeisenförmigen Bucht gelegen; der Strand besteht aus feinstem Sand, und das Wasser, das von allen Seiten geschützt ist, flimmert ruhig wie ein Saphir im Schaufenster eines Juweliers. Für dreitausend Dollar könnte ich es mein eigen nennen: mit einer Investition von weiteren fünf- oder sechstausend ließe sich das Haus aufs köstlichste herrichten. Eine Aussicht, die die Phantasie zum Sieden bringt.

Nachts denke ich, ja, ich werde es tun, aber am Morgen erinnere ich mich – der Politik, der altbekannten Sterblichkeit – störender gefühlsmäßiger Bindungen, der Unmöglichkeiten der griechischen Sprache, einer Trillion von Schwierigkeiten. Und dennoch sollte ich den Mut aufbringen; nie wieder werde ich etwas so vollkommen Ideales finden wie dies.

Im Café

Ich verließ die Jacht in Rhodos und flog heute morgen nach Athen. Jetzt, kurz vor Mitternacht, sitze ich allein in einem Straßencafé am Syntagma-Platz. Es sind nicht viele Gäste da, eine aber erkenne ich wieder – wir sind uns vor Jahren in Tanger begegnet, wo sie unbestritten die Königin der Kasbah war (Variante der Südstaaten-Schönheit): Eugenia Bankhead, Tallulas noch zungenfertigere Schwester. Sie streitet mit ihrem Begleiter, einem Neger.

Nähere Betrachtung zeigt, daß viele Weltenbummler, die früher in Tanger herumlungerten, nach Athen abgewandert sind. Auf der meinem Platz gegenüberliegenden Straßenseite sehe ich jede mögliche Spielart von Rauschgifthändlern, vom muskulösen Straßenarbeiter zur fetten ägyptischen Schönheit mit gewellter Platinperücke.

Es ist sehr heiß, und der überall gegenwärtige weiße Staub von Athen steht in der Luft wie ein Schleier, überzieht Straße und Tisch wie der fahle rauhe Belag auf der Zunge eines Gallenleidenden. Ich denke an das steinerne Haus in der kleinen blauen Bucht. Doch das ist alles, was ich je tun werde: daran denken.

Originaltitel und Übersetzer:

New Orleans (Hansi Bochow-Blütghen) · New York (Hansi Bochow-Blütghen) · Brooklyn (Marguerite Schlüter) · Hollywood (Hansi Bochow-Blütghen) · Haiti (Hansi Bochow-Blütghen) · Nach Europa / To Europe (Marguerite Schlüter) · Ischia (Hansi Bochow-Blütghen) · Tanger (Marguerite Schlüter) · Fahrt durch Spanien / A Ride Through Spain (Marguerite Schlüter) · Fontana Vecchia (Marguerite Schlüter) · Griechische Skizzen / Greek Paragraphs (Marguerite Schlüter)

Bitte beachten Sie
die folgenden Seiten:

Mark Twain

Ein Bummel durch Europa

Ullstein Buch 2711

ein Ullstein Buch

Im Frühjahr 1878 faßte Mark Twain den erstaunlichen Entschluß, zu Fuß durch Europa zu wandern. Aber schon in Hamburg gab er den kühnen Vorsatz auf und nahm den Schnellzug: Dennoch wurde die Reise ein gemächlicher Bummel, zunächst durch Deutschland, dann durch Frankreich und die Schweiz, Belgien, Holland und Italien, der dem Globetrotter Anlaß und Gelegenheit zu ebenso treffenden wie amüsanten Beobachtungen über Land und Leute bot. Nicht zuletzt bedenkt er aber auch überall unterwegs die Eigenarten seiner amerikanischen Landsleute mit wohlgezielten satirischen Seitenhieben.

Truman Capote

Andere Stimmen, andere Räume

Roman

Ullstein Buch 20643

ein Ullstein Buch

»Die ganze phosphoreszierende Welt des amerikanischen Südens, wie sie Faulkner in seinen Romanen, O'Neill, Lillian Hellman und Tennessee Williams in einigen ihrer Dramen festgehalten haben, sie ist hier, mit den überempfindlichen, erregten Sinnen eines in der Pubertät stehenden Kindes erlebt, faszinierender eingefangen als je zuvor.«

Der Tagesspiegel